AF603833
Dominación y
Sumisión Erótica
Vol. 2
Erika Sanders

Dominación y Sumisión Erótica Vol. 2

Erika Sanders

Serie
Dominación y sumisión erótica

Primera edición: 2024

Sinopsis

Este volumen contiene tres títulos románticos y eróticos de alto contenido BDSM:

Es la primera vez que Peter se va a encontrar con una Dominatrix que ha conocido por internet para ser su esclavo.

Está muy nervioso por conocerla.

¿Será capaz de hacer todo lo que ella quiera?

Esclavo sexual es una novela de fuerte contenido erótico BDSM y, a su vez, una nueva novela perteneciente a la colección Dominación Erótica, una serie de novelas de alto contenido BDSM romántico y erótico.

Todo fuera, te lo ordeno y **la esclava Susan** son otros dos relatos de fuerte contenido erótico BDSM y, a su vez, también pertenecientes a la colección Dominación Erótica, una serie de novelas de alto contenido BDSM romántico y erótico.

(Todos los personajes tienen 18 años o más)

Nota sobre la autora:

Erika Sanders es una conocida escritora a nivel internacional, traducida a más de veinte idiomas, que firma sus escritos más eróticos, alejados de su prosa habitual, con su nombre de soltera.

Índice:

DOMINACIÓN Y SUMISIÓN ERÓTICA
VOL. 2
ERIKA SANDERS

ESCLAVO SEXUAL

CAPÍTULO I

¿Dónde diablos estaba ella?

Eso pensaba mientras estaba sentado en una mesa para dos en la cafetería de una calle principal a las afueras de la ciudad.

Ya me había tomado dos tazas de café y había pasado más de una hora de lo que habíamos acordado ayer y maldita sea, necesitaba ir a mear.

Sin saber si quedarme o irme o lo que fuera, finalmente me convencí de que me había dejado plantado y decidí ir a aliviarme.

Qué jodida pérdida de tiempo y esto es solo otro golpe para mi ego ... sucedió demasiado cercana a la otra vez, debería haberlo sospechado, pensé cuando me levanté de la mesa y me dirigí al baño de hombres.

Nos habíamos conocido en chat la otra noche.

Había creado una sala con un tema sobre cómo buscar a una Dominatrix en el área adecuada y, después de unas horas, Lucy entró y comenzamos a hablar sobre lo que nos gusta y lo que no nos gusta de la situación y el tema.

Intercambiamos imágenes... nada atrevido, solo fotos de nosotros con atuendo normal al principio.

Nos gustó lo que vimos y decidimos reunirnos en la cafetería de esta mañana temprano el sábado por la mañana ... en realidad muy temprano ... a las 6:15 am.

Lucy, luego me pide que le envíe una lista de mis límites ... una lista completa de lo que no haría y de lo que quería hacer.

Ella también me hizo enviar a ella todas mis medidas; todo, desde la longitud de la polla cuando estaba erecta hasta el tamaño de mi zapato.

Luego, más tarde, me pidió que le enviara fotos de mi polla como normalmente colgaba y también con una erección completa.

Lo había hecho todo, pero maldita sea había acabado aquí en el baño de la cafetería.

Salí de la cafetería y me dirigí a mi auto, que estaba en la parte trasera del aparcamiento donde le había dicho a Lucy que lo estacionaría y también le había dado mi número de matrícula al mismo tiempo.

Cuando abrí la puerta, la ventana del lado del pasajero de un SUV negro estacionado a mi lado comenzó a bajar.

"Peter eres tú?" una voz femenina dijo suavemente

Le solté que era yo.

"Lo siento, pero tenía que asegurarme de que eras la persona que realmente dijiste que eras".

Miré a la conductora y mi corazón comenzó a latir a un ritmo fantástico.

Era Lucy y se veía hermosa ... con un abrigo de cuero y botas altas de cuero.

Su abrigo de cuero estaba desabrochado en la parte inferior, lo que revelaba unos muslos desnudos y algo de cuero por encima de ellos, pero no estaba seguro de qué era exactamente el cuero, pero cumplía su propósito de emocionarme.

"¿Dónde diablos estabas? Te esperé más de una hora". Solté mientras miraba sus botas y sentí que mi polla empezaba a poner atención a la situación.

"Ahora Peter, acaba de decir lo que sientes. Si todavía estás interesado en reunirte conmigo, me seguirás a mi casa ahora mismo. Una vez que estemos allí, entrarás al garaje en el espacio junto a mi auto. ¿Entiendes eso chico?"

Antes de que pudiera responder, la ventana se cerró y la SUV salió del estacionamiento y comenzó a irse.

Mi erección murió en el mismo lugar en un tiempo récord.

¿Qué debo hacer, qué debo hacer?

Maldición.

Salté a mi coche y salí corriendo detrás de ella esperando que no fuera demasiado tarde.

"¿Dónde está ella?" Me dije mientras me acercaba a la salida ... "Allí, giró a la derecha; se dirige hacia el oeste".

Traté de mantener el ritmo y mantenerla a la vista sin exceso de velocidad, ya que esta carretera era conocida por sus radares de velocidad.

La tenía a la vista cuando de repente pasó por una luz ámbar que me obligaba a detenerme y verla desaparecer.

"Perra ... lo hizo a propósito", le grité a nadie.

Esperé a que la luz se volviera verde durante lo que pareció una eternidad, entonces arranqué lo más rápido posible de forma permitida, creyendo que la había perdido.

"Ahí está ella, adelante". Me grité a mí mismo ... ella debe haber quedado atrapada en el tráfico o tal vez se había detenido.

La seguí justo detrás después esta parada, y luego, pocas millas más tarde, finalmente salió a la derecha por una carretera lateral, conocida por sus costosas casas y excelentes vistas, ya que eran lotes junto a un lago.

Estábamos conduciendo a una velocidad mucho menor.

Probablemente no quiera que los vecinos noten nada, pensé.

Luego giró a la derecha por un camino que tenía una casa enorme al final y lo primero que pensé fue que estaba perdida ... pero condujo hasta el garaje y abrió la puerta antes de que yo llegara.

Ella dejó el coche en el lado izquierdo y yo conduje a su lado en el lado derecho.

Apenas entré al garaje cuando la puerta comenzó a cerrarse, apagué el auto y salí.

Abrió una puerta de la casa principal y me hizo un gesto para que la siguiera, cosa que hice, pero vacilante.

Me limpié los pies sobre una estera, entré en la casa y cerré la puerta detrás de mí.

Luego me volví para mirar a Lucy.

"¿Sabes que vives a cinco millas de mi ..."

Bofetada ... Bofetada ... Bofetada ... ella golpeó mis mejillas con fuerza.

"¿Cómo te atreves a hablarme de la manera en que lo hiciste? ¡Nunca más me cuestionarás, un pedazo de mierda inútil como tú! ¿Me entiendes, Peter?"

Estaba en shock, no habiendo esperado esto.

"Síiiii, supongo"

Me agarró por la parte delantera de mi camisa ... bofetada, bofetada ... bofetada.

Ella me golpeó de nuevo y esta vez traté de protegerme y agarré su muñeca ... solo por un reflejo, pero me di cuenta de que era una tontería y lo solté rápidamente.

"Oh, mierda, estoy jodido", pensé y esperé que ella me dijera que me fuera.

"De rodillas AHORA Peter!" dijo en voz alta mientras agarraba mi cabello y me obligaba a bajar.

"Te has ganado un pequeño castigo, esclavo". Ella dijo.

Ella me llamó esclavo y pensé que llevaba haciendo eso hace 20 minutos.

Mis rodillas estaban juntas, mis manos estaban a cada lado, para estabilizarme y la estaba mirando.

Ella me miró y luego me dio una fuerte patada donde se me tocaban las rodillas.

"¡Separa esas rodillas, perra!"

Hice lo que me ordenaron.

Luego colocó la punta de su pie derecho en mi polla y la presionó con fuerza.

"No lo olvides otra vez, Peter. Además, baja la puta cabeza y mira al suelo. Pon tus manos en los muslos, con las palmas hacia arriba, en la posición adecuada para un esclavo.

"Has ganado quince latigazos de esclavo que recibirás cuando comience nuestra sesión. Cinco son por ser insolente cuando me preguntaste dónde diablos estaba. Cinco son por responder incorrectamente al no hablarme con respeto y no llamarme Ama o Ama Lucy. Lo harás. Siempre lo harás cuando no estés en público, es decir, en un auto o en una casa ... ya sea aquí o en una habitación privada. Cinco son por tocarme sin aprobación cuando me agarraste de la muñeca. Si lo haces de nuevo, serás castigado más allá de tus límites, ya que debo protegerme. ¿Entiendes por qué estás siendo castigado, Peter?"

La miré a la cara lo mejor que pude y dije:

"Sí, lo entiendo".

Ella me agarró con fuerza por mi cabello y me miró a los ojos.

"Eso serán otros cinco azotes por desobedecerme al mirar hacia arriba y mostrar falta de respeto por no referirte a mí como Ama. ¿Me entiendes, Peter?"

Bajando los ojos y la cabeza lo mejor que pude, aunque ella todavía me sujetaba por el pelo, dije:

"Sí, Ama Lucy, lo entiendo".

"Ayer discutimos que te convertías en mi penitente y mi esclavo sexual, y que necesitabas entrenamiento. ¿Es eso correcto Peter?"

"Sí, señora, eso es correcto".

"Declaraste que tus límites no eran adolescentes o menores, ni sangre, ni alfileres, ni agujas, ni marcas permanentes. ¿Es eso correcto, Peter?"

"Sí, señora, eso es correcto".

"¿Te limpiaste esta mañana con el método rápido de enema que discutimos?"

"Sí, señora Lucy, lo hice exactamente como me dijo".

"¿Sigues interesado en convertirte en mi doliente y mi esclavo sexual Peter?

"Sí, señora, más que nunca".

Luego me soltó el pelo mientras miraba hacia el suelo.

Siento que acabo de saltar al extremo profundo de la piscina y no he aprendido a nadar.

"Bueno, veamos si puedes ser entrenado. ¡Párate y vacía todos tus bolsillos, quítate el reloj y los anillos y pon todo en la pequeña mesa!" que ella señaló. "Entonces quítate los zapatos y ponlos en el suelo junto a la mesa".

Hice todo lo que me dijo tan rápido como pude y como era mi primera oportunidad, miré alrededor de la casa.

Estaba en el vestíbulo principal, no lejos de los escalones que conducían al sótano.

Miré a la Dominatrix sin hacer contacto visual y vi que todavía estaba en su abrigo de cuero y botas.

Dios, es hermosa aún más que la foto que me envió.

Cabello rubio corto y oscuro con flequillos en los ojos, no puedo esperar a descubrir qué el resto de ella es como pensé.

"Ahora Peter, te quitarás toda la ropa para una inspección; las manos detrás de la cabeza, la cabeza abajo y las piernas bien separadas. ¡AHORA, maldita perra, no mañana!"

Me desnudé tan rápido como pude y me paré desnudo para inspeccionarme.

Mientras miraba hacia abajo, observé cómo mi polla comenzaba a crecer en anticipación de que mis sueños se realizarían.

Dios, cuánto me gustaría que me hiciera correr ahora, pensé.

"Cuando dije que quería que tus piernas estuvieran bien separadas, lo decía en serio. Ahora, separa las piernas. ¡MÁS AMPLIO! Tú, idiota, idiota. Y puedes olvidarte de tener un orgasmo en cualquier momento en el futuro próximo esclavo. Yo seré la único para determinar cuando tengas uno ".

"Lo siento, señora ... sí, señora", solté y miré mi polla dura.

Luego me quitó la ropa y lentamente me rodeó.

Primero ella pellizcó un pezón y luego pellizcó la cabeza de mi pene, apretándolo con fuerza mientras gemía entre dientes apretados.

Ella se echó a reír, ya que me puso a prueba varias veces.

"Ahora, esclavo Peter, recogerás toda tu ropa y bajarás al sótano. Abre la primera puerta a la derecha, entra y cierra la puerta. No enciendas ninguna luz ... Ahí, en el centro de la habitación, Encontrará una bolsa de deportes con instrucciones encima. Ve directamente a la bolsa, lee las instrucciones y síguelas exactamente. Tienes 20 minutos para completar esta tarea y estaré observando cada uno de sus movimientos con la cámara. ¿Comprendes Peter? "

"Sí, señora Lucy, entiendo ".

"Entonces vete, muchacho, ya has usado 20 segundos".

Tan rápido como pude, recogí mi ropa, corrí escaleras abajo, abrí la primera puerta a la derecha, entré y la cerré detrás de mí.

"En qué diablos me he metido, estoy bien jodido".

Sí, definitivamente salté hacia un abismo profundo.

CAPÍTULO II

No se suponía que fuera a ir tan rápido, pensé para mí mismo, mientras me aseguraba de que la puerta estuviera cerrada.

Apoyando mi cabeza en la puerta, cerré los ojos y me pregunté si esto realmente estaba sucediendo.

Un hombre profesional de 40 años, como yo, divorciado, finalmente estaba cumpliendo su fantasía.

Me había introducido en un mundo completamente nuevo.

Allí, en el centro de la habitación, con un único foco brillando en el techo, había una esterilla negra con una bolsa deportiva en la parte superior, una bolsa Nike en realidad.

Me acerqué rápidamente a ella y sentí la frialdad del piso de concreto en mis pies.

Tal vez estaba en su mazmorra.

En la parte superior de la bolsa había un papel doblado con una nota escrita encima "Esclavo Peter", yo, pero ¿cómo había sabido que estaría yo aquí?

Cogí la nota y comencé a leerla.

Esclavo Peter

Puta, te pondrás de rodillas ahora mismo para leer esta nota.

Sigue las instrucciones exactamente y sé rápido ya que tu tiempo se está acabando '.

Rápidamente me arrodillé y miré a mi alrededor mientras lo hacía, pero no había luz en el resto de la habitación; solo la luz que brilla sobre mí mientras leía la nota.

1. Apila cuidadosamente tu ropa al lado de la bolsa.

2. Saca cada cosa de la bolsa y pon tu ropa en ella.

3. Colócate el collar, asegúrate de que esté apretado y luego bloquéalo.

4. Colócate el arnés del cuerpo y asegura todas las hebillas y el anillo del martillo. Todos deben estar apretados.

5. Abrocha los puños de la muñeca y el tobillo y asegúralos con un candado. Cada uno está marcado en cuanto a dónde debe ir y se debe poner apretado.

6. Bloquea los puños del tobillo junto con la cadena de 6 pulgadas y los candados.

7. Hebilla en la mordaza. Es una mordaza de ancho abierto y debe estar muy apretada.

8. Revisa la zona y pon cualquier cosa que no se usaste dentro de la bolsa.

9. ¡Colócate la venda y abróchalo bien!

10. Bloquea los puños de la muñeca juntos.

11. Asume la posición de esclavo y espera.

Mientras leía la nota, caí de rodillas mientras intentaba ubicar cada artículo en la bolsa y, finalmente, frustrado por intentar localizarlos, simplemente tiré la bolsa delante de mí.

Cuando lo vi todo, realmente creía que vendrían otros ya que todo esto no podía ser solo para mí.

De repente, desde un altavoz directamente sobre mí, vino su voz, fuerte, profunda y pesada.

"TE QUEDAN 15 MINUTOS".

Ese recordatorio activó un modo de pánico dentro de mí y rápidamente recogí mi ropa, la arrojé dentro de la bolsa y la cerré.

Luego recorrí toda la pila de correas de cuero hasta que encontré el collar.

Maldita sea, es un collar de castigo.

Miré el grueso cuello negro de cuatro pulgadas de alto y me pregunté cómo me lo iba a poner, hasta que noté que había un pequeño candado abierto que se colocaba a través de un agujero en el pasador extra ancho de la hebilla.

Ahora entendí cómo debía ser usado y quité el candado.

Levantando mi cabeza, lo coloqué alrededor de mi cuello para que la abertura estuviera en la parte trasera y un anillo en forma de D en la parte delantera y lo abrochara en una posición cómoda.

Luego puse el candado a través del agujero del pasador y lo cerré.

Ahí, esa maldita cosa está colocada, pensé.

¿Qué sigue?

Afortunadamente, había pasado un tiempo investigando el tema de los juguetes de dominación y había visto varios arneses corporales en los anuncios en línea, así que pude localizarlo rápidamente y, después de sostenerlo por un momento, decidí que era un arnés de torso.

Tan rápido como pude, determiné el frente desde atrás, lo lancé a mi alrededor de modo que los anillos principales estuvieran en la parte trasera y la mayoría de las hebillas de ajuste estuvieran en la parte delantera.

Por suerte, las dos correas que rodeaban cada lado de mi cuello estaban sueltas y esto ayudó a colocar el frente desde atrás, junto con el hecho de que el anillo de la polla también colgaba en la parte delantera.

Estas dos correas se encontraron en un anillo en la parte delantera y trasera a un nivel justo debajo de mis senos.

A partir de esto, una sola correa condujo a otro anillo a un nivel en la parte superior de mis caderas y de este anillo en la parte delantera, otra correa sujetó el anillo de la polla con la correa adjunta debajo.

Ambos anillos, delanteros y traseros, sujetaban las correas para conectar a los lados de adelante hacia atrás.

Después de unos segundos de darle vueltas, decidí conectar las correas laterales del anillo debajo de mis senos y las abroché hasta que quedaron apretadas, pero no demasiado.

Luego repetí lo mismo con las correas laterales en mis caderas.

Esto estaba empezando a ser difícil ya que este cinturón en el cuello mantenía mi cabeza en alto y no podía ver bien lo que estaba haciendo.

El anillo de pene era el siguiente y sabía que tendría que hacerse con solo sentirlo son poder mirar.

Dios, ojalá hubiera exagerado las medidas de mi polla cuando Lucy las pidió.

Ahora no me cuelga tan bien y no esperaba que hubiera un problema hasta que pude sostener el anillo de la polla para poder verlo.

Joder, ¡es minúsculo!

¿Cómo voy a conseguir mis partes allí?

Lo hice una bola a la vez y tuve la suerte de que mi polla estaba floja en ese momento y pude apretar el eje a través del espacio restante.

Un poco de lubricante hubiera ayudado, pero no había ninguno.

Apreté la correa del anillo de la polla al anillo de la cadera y luego tomé la correa restante del anillo de la polla, colocándola entre mis piernas y la parte trasera de la cadera en mi espalda y luego, con los brazos detrás de mí, la abroché lo mejor que pude.

Tan pronto como hice eso, comencé a tener una erección con el resultado de que el dolor en la base de mi polla y las bolas se sentía sorprendentemente fantástico.

Luego apreté cada correa y repetí el proceso una y otra vez hasta que sentí que estaban tan apretadas como fue necesario.

Todo el proceso mantuvo mi polla erecta hasta el momento en que se completó.

La voz de Lucy volvió a sonar desde el altavoz del techo y parecía más dominante que antes.

"ESCLAVO, TE QUEDAN 5 MINUTOS".

"No, eso no es posible, señora. No puede ser". Protesté.

"TIENES 5 MINUTOS. DATE PRISA".

Tan rápido como pude, me coloqué y cerré las muñecas y los tobillos, señalando a dónde debía ir cada uno.

Luego encontré la cadena y la coloqué en mis puños de tobillo con candados unidos a los anillos en forma de D de cada puño.

Todo esto no fue una hazaña fácil ya que el maldito collar de castigo limitaba mi vista.

¡Entonces la mordaza!

Era de cuero grueso y tenía una gran abertura para que mis labios y mis dientes tenían que pasar.

Cuando lo probé por primera vez, pensé que debía haber un error porque no podía poner mi boca sobre el anillo saliente en el primer intento.

Lo intenté de nuevo y metí los dientes en el anillo, pero fue dolorosamente incómodo.

Lo abroché con fuerza para asegurarme de que no se saliera.

Dios, el agujero era lo suficientemente grande para un buen miembro, pero esperaba no recibirlo nunca. ¿Por qué no puse eso en mi lista de límites?

Después de encontrar la venda para los ojos, lo recogí todo, lo coloqué en la bolsa y lo cerré.

Me aseguré la venda de los ojos y justo cuando lo estaba asegurando, el altavoz del techo cobró vida.

"TU TIEMPO SE TERMINÓ. AHORA ERES MI ESCLAVO".

Oh mierda, olvidé el candado de mis muñecas, grité en la mordaza.

Desesperadamente, encontré la bolsa, la abrí y después de lo que pareció una eternidad, encontré un candado abierto.

Rápidamente, pero con dificultad y debe de haberme tomado 2 minutos o más, pude atarme las esposas a la espalda.

Entonces me arrodillé allí en total sumisión, con las rodillas separadas.

¡Oh no! No cerré la bolsa.

Me arrodillé allí por lo que pareció ser el tiempo más largo del mundo mientras escuchaba la apertura y el cierre de la puerta.

No hubo un sonido; no dijo nada.

Las botas hicieron clic en el piso y supe por el movimiento de aire sobre mi cuerpo y el olor de su perfume que estaba cerca.

Dios olía fantástica.

Habían pasado años desde que tuve una mujer así tan cerca de mí.

Podía escuchar el cuero de sus botas, pensé e imaginé que estaba inspeccionando la bolsa.

Podía oler el cuero que usaba y empecé a excitarme cuando me arrodillé en la sumisión.

¡Plaf!

"Agrrrrrrrrrr", gemí después de recibir una patada en mis bolas que dolieron más que cualquier otro dolor que hubiera recibido en mi vida.

El dolor inesperado obligó a mis rodillas a cerrarse juntas.

"Me desobedeciste, pedazo de mierda sin valor. ¡Separa esas rodillas AHORA!"

Lentamente obedecí y aparté mis rodillas esperando recibir otro golpe, pero nada vino.

Murmuré en la mordaza una indistinguible "Lo siento Ama".

"Me decepcionas, Peter. Has fallado en tu primera asignación y, como resultado, no recibirás tus azotes hasta la fiesta de esta noche y se triplicarán".

¿Fiesta? ¿De qué diablos está hablando?

De repente pensé y Lucy debió sentir mi preocupación por algún movimiento de mi cuerpo.

"Voy a invitar a algunas de mis amigas durante esta noche. ¿Deseas asistir como mi esclavo, Peter? Serás la atracción principal; en realidad, esta noche, serás la única atracción. Bueno, ¿estás interesado?"

Estaba tratando de absorber toda esta nueva información cuando ... bofetada ... su mano aterrizó en mi mejilla izquierda.

Maldita sea, eso duele.

"Te hice una pregunta, Peter. ¿Estás interesado? ¡Si no, su servicio termina ahora mismo!"

Lo mejor que pude, sacudí la cabeza para indicar que estaba interesado y murmuré en la mordaza:

"Por favor, déjame asistir a tu fiesta, ama Lucy".

"Muy bien Peter, se te permitirá ir a la casa y prepararte para la fiesta, pero primero tenemos algunas cosas que cuidar aquí y ahora.

No seguiste las instrucciones muy bien, ¿verdad? No dejaste ningún juguete para nuestra sesión, tu collar está suelto y estoy tan cachonda como el infierno. Muy mala perra porque planeo ser muy dura contigo esta noche por esto ".

Luego me agarró por el pelo y tiró de mi cabeza hacia atrás hasta el punto en que podía imaginar que estaba mirando hacia abajo en mi cara amordazada y con los ojos vendados.

"En unos minutos, mi puta, ya no serás tan desobediente", dijo con voz profunda y dominante.

Sabía lo que quería decir y me arrodillé allí en silencio después de que me soltara la cabeza.

"Primero, debo enseñarte a respetar y obedecer siempre a tu Ama".

El sonido de sus botas indicó que se había alejado y pronto escuché algo arrastrado en mi dirección.

Entonces la sentí a mi lado y también sentí que algo se colocaba delante de mí.

Su mano estaba en la parte posterior de mi cabeza desabrochando la venda que despegó lentamente y parpadeé varias veces ajustándome a la luz.

Delante de mí estaba el lado de un banco de madera negro que debía medir cuatro pies de largo con una parte superior de cuero acolchado negro de aproximadamente dos pies de ancho.

Ahora la habitación estaba totalmente iluminada y cuando miré alrededor noté todos los artículos de cuero y látigos que colgaban de las paredes y todas las cadenas y las cuerdas que colgaban del techo.

Cuando giré mi cabeza más hacia la derecha, ESTABA ELLA.

Oh mierda, ella es muy hermosa, pensé.

Todavía estaba con las botas de cuero negro, pero solo llevaba un pequeño corsé de cuero negro que cubría el área desde sus caderas hasta justo debajo de sus senos, y un par de guantes de cuero negro.

Inmediatamente empecé a endurecerme.

"Ponte en pie, esclavo, inclínate en el banco", ordenó.

Honestamente, traté de levantarme, pero estaba rígido por todo el tiempo pasado sobre mis rodillas y la cadena de frenos en mis tobillos lo hacía imposible.

Por mucho que lo intentara, siempre caía de rodillas o caía de un lado o del otro.

"Oh, joder", gritó y supe que estaba enojada por la expresión de su cara y el tono de su voz.

De repente, pareció saltar y agarró el anillo en la parte delantera de mi cuello.

Maldita sea, me dolió, me dije a mí mismo mientras me levantaba bruscamente y me ponía sobre el banco y me pateaba los tobillos mientras lo hacía.

Cuando gemí, todo lo que ella dijo fue:

"¡Acostúmbrate, muchacho! Esta noche será peor".

Después de que me tirara al banco, me ató con una cuerda desde el anillo de mi cuello hasta un ojal en la parte inferior del banco, de modo que desde mi cabeza hasta mis hombros me incliné sobre el banco.

Desde el rabillo de mi ojo derecho, pude ver a Mi Ama tomar una correa de cuero que había estado colgada en la pared con muchas otras correas.

Era tal vez de tres pulgadas de ancho y no muy grueso, y estaba agradecido de que no era la cuerda de barbero que todavía colgaba en la pared.

Cachetada ... cachetada ... cachetada.

Ella lanzaba la correa contra mis nalgas por lo que pareció una eternidad.

Cuando traté de moverme para escapar del amarre, ella me sostuvo con mis muñecas esposadas y levantó mis brazos para detener mi movimiento.

Finalmente terminó y su mano acarició mis nalgas mientras se inclinaba y lamía mi hombro.

"Siempre debes obedecerme, Peter. ¿Entiendes?"

Murmuré un Sí AMA en mi mordaza mientras se movía hacia la bolsa de deportes en el suelo.

Luego, mirando a través de él y pensando que buscaba, sacó un cinturón de cuero que tenía un consolador negro.

La observé mientras se la sujetaba rápidamente alrededor de su cintura y entre sus piernas hasta que la sintió segura y en el lugar adecuado.

Luego ella caminó lentamente de un lado a otro asegurándose de que pudiera ver lo que iba a pasar y se paró frente a mí.

Levantando mi cabeza por mi cabello, llevó el consolador a mi mordaza.

"Esclavo, he elegido el consolador más pequeño con el que tengo que follarte. Espero que aprecies mi gesto. AHORA, chúpalo para quc esté bien preparado y húmedo. También usaré un lubricante para que puedas disfrutar este momento. nuestro primero juntos ".

Mientras ella ponía lentamente el consolador en el orificio de la mordaza, intenté contenerlo con la lengua lo mejor que pude y luego lo rodeé para humedecerlo.

Chuparlo estaba fuera de discusión, pero sabía que sería un requisito en el futuro; tal vez incluso esta noche.

La señora entonces sacó su juguete de mi boca y se puso de pie, donde abrió la cadena de mis tobillos y extendió mis piernas hasta que pensé que me partiría en dos.

Entonces sentí sus manos enguantadas desabrochar la correa que corría entre mis piernas.

Ella separó mis nalgas mientras entraba lentamente en mi territorio inexplorado.

"Oh, sí", gritó repetidamente mientras se empujaba hacia mí y luego comenzó a follarme en serio ahora con una mano en cada una de mis caderas.

No le había prestado atención antes, pero ahora me di cuenta de que mi polla estaba dura y que estaba siendo frotada contra el banco mientras mi amante me follaba.

Ella también notó mi crecimiento y una mano fue a mi polla apretándola con fuerza.

"Oh, pequeño juguete. Nos complacerá a todas esta noche, pero recuerda que, si te corres, tendrás que lamerlo. Oh, sí, pequeña perra, joder, oh, muy bien".

Luego, después de unos minutos, se retiró de mí y me sostuvo en los hombros mientras apoyaba la cabeza en mi espalda.

Su respiración era muy rápida y sabía que ella era feliz.

"Eres mío Peter, todo mío, no me dejes nunca. Te he estado buscando toda la vida".

Después de que me desatara, me arrodillé ante ella y observé cómo desbloqueaba y sacaba todo lo que había llevado como esclavo.

Cuando estaba totalmente desnudo, asumí la posición de esclavo y la observé mientras ella iba a otro gabinete y sacaba una bolsa de terciopelo negro.

Ella volvió y se paró frente a mí.

"Peter, esta bolsa contiene todo lo que debes usar esta noche. No debes usar nada más desde el momento en que salgas de tu casa y tu auto será registrado para asegurarme de que obedeciste. También puedes ser seguido por uno de mis amigos. De tu casa a la fiesta, pero nunca lo sabrás, por lo que debes estar prevenido. No debes abrir la bolsa hasta las 5:00 p. m. y debes entrar en el garaje exactamente a las 6:00 p. m. mira hacia adelante y espera allí hasta que alguien venga por ti. Ahora, te vestirás, regresarás a casa, descansarás, comerás una comida ligera y limpiarás tu cuerpo por dentro antes de vestirte para la fiesta. Ah, y otra cosa, no solo te afeitarás tu cara, sino también el resto de tu cuerpo. Solo se permite el pelo en la parte superior de tu cabeza, tus cejas y tus pestañas. ¿Entiendes lo que se requiere de ti mi esclavo o tengo que repetirlo?

"Entiendo a la ama Lucy".

"Muy bien Peter. Ahora ponte de pie".

Obedecí y de repente ella estaba cerca de mí.

Podía sentir esos fantásticos senos en mi pecho; su calidez era un encanto y su gesto era totalmente inesperado.

Suavemente puso una mano detrás de mi cabeza y la llevó a la suya hasta que nuestros labios se encontraron y luego se separaron cuando nuestras lenguas se batieron en duelo y nos quedamos abrazados mientras nuestros cuerpos intentaban convertirse en uno.

Mientras se alejaba, notó mi polla en atención y sonrió.

"Oh, Peter, solo una cosa más. ¡No juegues contigo mismo nunca sin permiso! Ahora ve y prepárate para la fiesta".

CAPÍTULO III

Revisé mi reloj nuevamente por lo que parecía ser la millonésima vez en la última hora y finalmente pensé que era casi la hora de abrir la bolsa.

Todo había sido hecho según lo ordenado por Lucy.

Fue solo un viaje corto de cinco millas de su casa a la mía, lo cual fue sorprendente, ya que nunca nos habíamos visto antes.

Había sido nuestra primera reunión de la vida real que había ido mucho más lejos de lo que había esperado y supe que estaba enamorada de ella y que me dejaría hacerme lo que quisiera.

Dios, estaba cachondo, pero me senté allí y tratando de obedecer su orden de no jugar conmigo sin su permiso.

Normalmente, después de la mañana que acababa de pasar, mi mano derecha estaría jugando con todo, pero eso no iba a ser ahora.

Ahí, finalmente, eran las cinco de la tarde y desaté el cordón en la parte superior de la bolsa de terciopelo negro que la señora me había dado.

El latido de mi corazón pareció duplicarse en previsión de lo que tenía que encontrar y cerré los ojos cuando metí la mano en la bolsa.

Sentí la frialdad del metal y el calor del cuero y el caucho cuando mi mano agarró todo lo que había en la bolsa y lo tiré a la cama.

Allí, en la cama, había todo lo que me debía poner esa noche, que consistía en un collar, un pequeño arnés y un tubo de lubricante con tapón de trasero.

Gracias a Dios era pequeño, pensé cuando lo vi.

Inmediatamente, comencé a vestirme tomando primero el collar y determinando cómo pensaba que debía usarse.

Era similar a la que había tenido antes en el día, excepto que tenía solo dos pulgadas de altura y tenía tres anillos en forma de D unidos: uno al frente y otro a cada lado.

Tenía un candado abierto adjunto y, sabiendo cómo funcionaba, me lo puse de inmediato y lo abroché tan fuerte como pude sin estrangularme, y luego até y cerré el candado mientras miraba en un espejo para no cometer errores.

Luego miré el arnés en varias posiciones y finalmente lo descubrí.

Mantendría tanto el tapón de tope en su lugar, así como mis privaciones, ya que ese maldito y pequeño anillo de polla estaba allí otra vez.

Me paré frente al espejo completo de mi habitación y noté que desde que me había afeitado todo el vello púbico, mi polla tenía el doble de tamaño, incluso cuando estaba colgando allí sin fuerzas.

Puse una sonrisa en mi cara y esperé que Mi Ama también estuviera contenta cuando me viera de nuevo.

El arnés era similar al arnés de cuerpo que había usado al principio del día.

Debía ser usado al nivel de la cadera y tenía dos correas de doblez a cada lado que se conectaban a un anillo de metal en la parte delantera y trasera.

Abroché estas correas de forma segura y luego fui a la parte difícil empujando primero mis pelotas y luego mi polla a través de ese maldito anillo que sabía que Lucy había colocado demasiado pequeño.

Cuando los tuve metidos a través del anillo, me miré otra vez en el espejo y pensé en lo bien que se veía eso.

Debería ser el hit de la fiesta.

Mis rodillas empezaron a temblar un poco cuando pensé en lo que tenía que hacer a continuación, ya que sería la primera vez que usaría un tapón de trasero.

Tomé el lubricante y puse una cantidad suficiente en el extremo que inmediatamente me froté en el agujero de mi trasero y en su apertura inicial.

Luego puse tanto lubricante en el tapón como pude y separé las piernas, me puse en cuclillas un poco y lo puse lentamente en mi trasero.

El tapón tenía una base plana que evitaba que me chupara por completo y el exceso de lubricante rezumaba a su alrededor.

Entró más fácil de lo que había pensado y tomé un pañuelo y limpié el exceso de lubricante antes de sacar la correa del arnés del anillo del pene entre mis piernas y abrocharlo al anillo trasero.

El arnés tenía una bolsa para el tapón trasero, pero como lo había notado demasiado tarde, simplemente lo dejé enrollada alrededor del tapón y esperé que lo mantuviera en mi trasero con todo apretado.

Verifiqué la hora y me di cuenta de que era hora de irme y fue cuando me di cuenta de que iba a conducir casi desnudo y me dije a mí mismo que no rompiera ninguna regla de tráfico o que tendría que dar alguna explicación.

Esperaba que nadie me pasara o se detuviera a mi lado.

Mi garaje tenía entrada directa desde mi casa y con el abridor automático de la puerta del garaje, me sentía cómodo de que mis vecinos no notaran nada inusual.

Gracias a Dios por las ventanas tintadas.

Puse una toalla sobre el asiento del conductor y mi billetera y la licencia ya estaban en la guantera cuando revisé la lista de control en mi mente.

Ojalá hubiera sido invierno y todo estuviera oscuro, pero era un caluroso día de verano y la oscuridad no llegaría hasta en 3 horas todavía.

Luego me alejé de la casa después de asegurarme de que el garaje había cerrado.

Qué diablos estoy haciendo, solo han pasado horas desde nuestra primera reunión, pensé mientras conducía lentamente hacia su casa observando el tráfico y sintiendo cómo se conectaba dentro de mí.

Revisé continuamente el espejo retrovisor para la policía y cualquier otra persona que me siguiera.

No había policías a la vista, pero parecía haber un pequeño automóvil deportivo negro siguiéndome a distancia, pero no estaba absolutamente seguro de eso.

¡Ah, lo hice!

No grité a nadie, pero casi, cuando entré en el camino de entrada y conduje hasta el garaje.

Cuando entré en el garaje, me di cuenta de que tenía casi cinco minutos de anticipación y, sin saber qué hacer, simplemente me detuve donde debía hacerlo y apagué el motor.

Me senté allí pensando y convenciéndome de que todo estaba bien.

Me quité el reloj y lo coloqué en el asiento a mi lado.

La puerta del garaje se cerró detrás de mí y mi corazón comenzó a latir más rápido junto con el endurecimiento de mi polla.

Luego me senté en el calor de mis manos en mis muslos esperando lo que parecía ser una eternidad.

Escuché que la puerta de la casa se abría y, al mirar el reloj en el asiento, vi que habían transcurrido cinco minutos de la hora.

Debe haber sido la emoción porque me volví para ver a una mujer que entraba por la puerta y se dirigía hacia mí.

Era del tamaño de una amazona, pero no era gorda, solo era grande, de mi altura, pensé, muy atractiva, el cabello castaño recogido en un montón en la parte superior de su cabeza como una cola de caballo difusa mal colocada.

Y la puta tenía el juego de tetas más grande que alguna vez había visto.

Espera un segundo, pensé.

La he visto antes.

Ella trabaja en la tienda de licores.

La observé mientras se acercaba a la puerta y, por reflejo, la abrí para saludarla.

"Saca tu puta mano de la puerta y mira al frente. ¡Eres un esclavo! Siéntate y obedece". Ella ordenó.

Inmediatamente quité mi mano de la puerta y me senté allí tratando de revisar lo que acaba de suceder.

Ella debe ser una Ama.

Ella debe ser obedecida, pensé.

La puerta se abrió por completo y miré a la izquierda sin mover la cabeza y me encontré mirando un hermoso conjunto de muslos.

Su coño sin afeitar estaba cubierto con un paño rojo que tenía una cuarta parte del tamaño de un pañuelo facial y colgaba de una delgada cuerda dorada en sus caderas.

Llevaba un collar de cuero alrededor de su cuello que tenía menos de una pulgada de alto y que decía Esclava en él con letras de oro.

"¿Te gusta lo que ves en el culo? Te dije que miraras de frente".

"Sí, señora. Lo siento, señora". Respondí.

Bofetada ...

Ella me esposó en un lado de mi cabeza con su mano derecha.

"No soy una señora, pero debes obedecerme hasta que cumpla con mis deberes. Puedes referirte a mí como Cindy o esclava Cindy. ¿Entiendes?" ella preguntó.

"Sí, esclava Cindy. ¡Te entiendo perra!"

"Oh, el esclavo se ha vuelto loco", se rió entre dientes y agregó: "no te reirás en breve, muchacho. ¿Ya has servido en una fiesta?"

"No, este es mi primer día con Lucy". respondí

Bofetada ... esta vez su mano aterrizó en mi boca.

"Eso no fue nada en comparación con lo que está por venir. Sólo se la llamará señora Lucy a menos que esté en público. ¿Entiendes?"

"Sí, esclava Cindy". Respondí y asentí con la cabeza para indicarlo.

Luego agarró el anillo en forma de D en el lado izquierdo de mi cuello y mostró su fuerza, rápida y bruscamente me sacó de mi auto y sostuvo el anillo a la altura de la cintura cuando cerró la puerta.

Me había olvidado del tapón en mi trasero, que comenzó a dolerme un poco, y solté un gemido para indicarlo, lo que solo hizo que Cindy se sacudiera el cuello como una forma de decirme que lo dejara.

Mientras me rozaba contra ella, sentí su suavidad, olí su aroma y, por un segundo, pensé en saltar sobre ella, pero un tirón en mi cuello dejó caer esos pensamientos de mi mente.

Había una puerta en la parte trasera del garaje, la cual abrió y me condujo a través.

Entramos en lo que parecía un cuarto de servicio que tenía cortadoras de césped y cosas así en un lado y un gimnasio hogareño en el otro.

Había una ventana que daba a un jardín muy grande, hermoso y privado, que descubriría en breve, abarcaba toda la parte trasera de la casa y la propiedad.

Era extremadamente privado y miraba hacia el lago desde su patio, que estaba a unos treinta pies sobre la costa.

No habría un vecino a la distancia que pudiera oír nada.

"Inclínate y coloca tus manos en el banco", ordenó y luego volvió a ordenar, "abre las piernas a tres pies de distancia".

Una cadena corta del banco que tenía un gancho de seguridad se adjuntó al collar como un recordatorio de que no debía moverme.

Cindy luego apartó más mis piernas y desabrochó la parte posterior del arnés para darle acceso al tapón de trasero.

"Te he visto en la tienda de licores en el centro comercial", le dije.

Bofetada ... bofetada ... bofetada.

Cindy puso su mano con fuerza en mi culo.

"Imbécil, nuestras vidas privadas son nuestras vidas privadas y nunca deben ser discutidas en ninguna reunión tuya con cualquier Amante o en cualquier reunión del Grupo del Placer del Dolor. ¿Entiendes esto, Peter?"

"Sí, Cindy, entiendo. ¿Es ese el grupo de esta noche, Placer del Dolor?"

"Así se llama, Placer del Dolor, y nunca debes tomar nota de ello o mencionarlo en tu vida privada".

De repente ... "Aggggggggggg", gemí mientras sacaba el tapón del trasero sin previo aviso.

"Ustedes novatos nunca lo entienden bien", dijo mientras sostenía el tapón delante de mi cara. "Se supone que debe ir primero en la bolsa del arnés y luego dentro de su ano. Así".

"Aggggggg" ... maldita sea ... ella lo embistió a propósito, pensé.

Después de abrochar de nuevo el arnés, tan bruscamente cómo fue posible, la esclava Cindy soltó la cadena de mi collar y me levantó.

Mirando su reloj, dijo:

"Nos estamos quedando sin tiempo debido a tu estupidez. Toma dos pesas de veinte libras y haz flexiones hasta que te diga que te detengas".

"Eh," respondí, ya que no entendía eso en absoluto.

"Tonto del culo, ¿debo hacerlo todo por ti?"

Luego se dirigió a un estante, que estaba ubicado debajo de la ventana y sacó dos pesas de veinte libras como si fueran plumas e hizo algunas flexiones para mí.

Podía sentir mi cara enrojecida por la estupidez de mis comentarios.

Una vez que me había dado las pesas, inmediatamente comencé a hacer las flexiones ordenadas, pero me pregunté por qué estaba haciendo esto.

"¿Por qué demonios estoy levantando pesas? ¿Pensé que estaba aquí para una fiesta?" Le dije a Cindy mientras se alejaba de donde yo estaba.

Que hermoso culo tiene ella.

Puede que sea un poco gordita, pero apuesto a que es una gordita fantástica, pensé.

Se detuvo y se volvió para mirarme y me dijo:

"¿Eres estúpido o qué? Tu señora quiere presentar a su nuevo esclavo esta noche y espera que su esclavo tenga un cuerpo perfectamente tonificado. Será mejor que hagas un buen espectáculo esta noche, Peter o no se le otorgará la membresía completa en el Grupo. ¿Entendido? ¡Y deja de mirarme! Soy esclava de la señora Lucy también ".

Maldita sea, otra sumisa de la perra, pensé.

Mientras continuaba trabajando en mi cuerpo, tratando de volver a la vida mis abdominales y pectorales, Cindy sacó una gran lona azul de un armario y la colocó en el centro de la habitación, en el piso, justo enfrente de una puerta de garaje. al patio trasero.

Se ocupó colocando dos botellas frente a la lona, luego una tonelada de cuerda a cada lado y luego desde el otro lado de la habitación, levantó lo que parecía un gran trozo de madera del piso y lo colocó en el suelo.

La parte trasera de la lona.

Me di cuenta de que no era ligero, ya que al principio parecía que luchaba un poco con ella, pero demostró lo fuerte que era levantándola fácilmente una vez que tenía el control.

Dios, me está engañando, pensé.

Una hermosa mujer completamente dispuesta con una fuerza increíble.

Estaba empezando a ralentizar mi entrenamiento tanto por falta de entrenamiento como por concentrarme en la madera que Cindy había colocado en la lona.

No era rugosa, pero parecía que había sido lijada y terminada con un barniz.

Un perno grande en el medio de una superficie era lo único que perturbaba la suavidad de la pieza, que parecía que tenía cuatro pulgadas por cuatro pulgadas y aproximadamente seis pies de longitud.

Una vez que Cindy tuvo todo en su lugar, se acercó a mí y me vio luchar con las pesas, que ya parecían pesar unas diez veces más que cuando comencé a hacer ejercicio.

Ella se rió y pasó una mano suave sobre mi pecho y abdominales.

"Mmmm ... muy bien chico. ¿Estás listo para detenerte?"

"Oh, por favor, sí, no puedo seguir con esto por más tiempo. Mis brazos se sienten como si estuvieran listos para desprenderse y mis bíceps están ardiendo", respondí.

"Ja, ja, ja ... Ok, ¡detente! Baja las pesas y párate en medio de la lona, frente a la puerta. ¡AHORA!"

Dejé suavemente las pesas y salté a la mitad de la lona.

De pie allí, podía ver los jardines ya que la puerta tenía 2 ventanas pequeñas.

Maldición, incluso puedo ver Portland a través del lago.

Parecía un día caluroso y hermoso afuera, pero esta habitación tenía aire acondicionado y nos impedía sudar.

"¡Extiende tus brazos, zorra y extiende tus piernas! ¡Mantén esa posición y no te muevas!"

"¿Tienes que insultarme, Cindy? ¿No podrías simplemente llamarme Peter?"

"Solo te estoy preparando mentalmente para ser el chico de la fiesta y realmente no aprecio a alguien que intenta robarme a mi Ama", respondió ella buscando una de las botellas.

¡Oh, está celosa!

Dio la vuelta detrás de mí y comenzó a frotar el contenido de la botella sobre mi espalda.

Cristo, huele a piña colada, me dije mientras esas suaves manos seguían frotándome la espalda.

Luego encontraron mis nalgas y ella las pellizcó con una risita.

Luego ella continuó bajando mis piernas hasta el fondo.

"En caso de que te preguntes, esclavo, nuestra Ama pensó que causarías una gran impresión en las demás si estuvieras todo aceitado y eso es lo que estoy poniendo ahora y es un buen sabor de verano, ¿no crees? Mmm ... tu piel es bonita, suave y tersa. Les gustará eso ... mmmmm "

Luego cubrió mis brazos extendidos completamente con aceite hasta las puntas de mis dedos.

Después de frotarlo en los lados de mi pecho, la botella se vació y ella tomó la segunda.

Esta vez ella frotó suavemente sobre los músculos de mi pecho recién tonificados y pude ver la mirada en sus ojos y supe que ella me deseaba.

Saltando sobre mi polla y pelotas, ella terminó mis piernas y luego se arrodilló y agarró mi polla con fuerza, apretándola hasta que gemí.

Entonces vi sus labios sobre mi miembro mientras chupaba ligeramente la punta.

Fue solo el movimiento normal de un macho cachondo cuando puse una mano en la parte posterior de su cabeza cuando mi polla se endureció y la metí en su boca.

Su reacción fue rápida cuando me mordió el miembro y golpeó mis huevos con su mano derecha.

Todo lo que recuerdo fue gritar tan fuerte como pude: ¡Oh mierdaaaaa! unas cuantas veces y luego oír sonar el teléfono.

Mientras permanecía agazapado sobre mis manos privadas, Cindy contestó el teléfono.

"Sí, señora, lo siento, señora. Intentó darme sexo oral mientras lo estaba engrasando. Sí, señora, le diré que sí, lo haremos. Sí, señora". fue lo que le oí decir en el teléfono.

"Bueno, Peter, las Damas no están contentas con todo el ruido que hiciste y, como resultado, recibirás setenta y cinco latigazos en lugar de los sesenta que mereciste el día anterior. Y lo mejor es que yo daré quince de esos por tu actuación de ahora, así que grita otra vez si lo deseas. Cuando salgamos de esta sala para la fiesta, la señora quiere tu puta polla tan dura como una puta barra de acero y quiere que luches mientras nos acercamos. ¿Entiendes, esclavo?

"Sí, lo entiendo", espeté mientras miraba mi polla y mis bolas doloridas.

Venga.

Levántate.

Endurécete.

Traté de desearla erecta, pero no estaba teniendo mucho éxito.

Cindy se arrodilló ante mí y pasó sus suaves y aceitosas manos suavemente sobre mi polla y mis bolas durante lo que pareció ser un minuto o dos.

Solo con mirarla engrasándome todo y hacer que me acariciara el miembro, la vida regresó allí.

Parecía aliviada por eso cuando terminó de engrasar mi cuerpo y dejar la botella.

"¡Ponte de rodillas, chico! ¡Rápidamente, casi llegamos tarde!"

Mientras lo hacía, ella se fue detrás de mí y en ese trozo de madera comenzó a atar trozos de cuerda en diferentes ubicaciones, de manera que había alrededor de un pie de cuerda colgando de ambos extremos de cada cuerda en cada ubicación, de los cuales conté ocho cuando miré por encima de mi hombro para ver qué estaba pasando.

Luego levantando la madera, gruñendo por el peso, la levantó hasta el nivel de mi hombro.

¡Era un yugo! Debía ser tratado como un pedazo de carne.

"Inclina tu cabeza un poco esclavo y extiende tus brazos hacia mí. Esto puede parecer pesado, así que prepárate".

Lo hice e inmediatamente encontré el peso tan incómodo y tan inestable que la pieza se volcó y el extremo izquierdo quedó apoyado en el suelo.

"¡Oh, por el amor de Dios, Peter! ¿Eres un débil o qué? Eres un maldito imbécil, ¿verdad?"

Rápidamente ató la cuerda alrededor de mis brazos comenzando con la cuerda más cercana a mi torso en mi lado derecho hasta que las 4 se apretaron alrededor de mi brazo.

Intenté torcer mi brazo para liberarlo, pero el único movimiento disponible era de mi mano.

"Ahora, ten cuidado cada vez que pongas la cabeza hacia atrás, muchacho, ya que hay un perno en la madera inmediatamente detrás de tu cabeza. ¡Ahora separa las rodillas para que pueda equilibrar esto!"

Mientras obedecía, fue hacia el lado izquierdo y, sosteniendo la madera y el brazo que tenía debajo, la sacó y la equilibró sobre mis hombros.

Luego ató la cuerda sosteniendo mis brazos en su lugar en 4 secciones diferentes similares al lado derecho.

Oh, mierda, esto duele, pensé mientras sentía todo su peso, así como el tapón del trasero, que había vuelto a la vida y debía estar arrancando mis entrañas.

Gemí y gemí un poco, lo que pareció deleitar a la amazona.

"De acuerdo, veamos si puedo ayudarte a levantarte solo, en lugar de usar el polipasto". Dijo que cuando comenzó a incorporarme y luego seguí su ejemplo reorganizando mis rodillas y luego levantándome.

Ignorando el dolor tanto dentro como sobre mí, me puse de pie.

Ajá, ¿quién es el débil ahora, perra?

Cindy volvió a recoger la botella de aceite y luego se apretó contra mí para que pudiera sentir sus enormes tetas contra mi cuerpo y pronto mi polla estaba buscando cualquier parte de ella.

"¿Me llevarás a casa después, Peter? Necesito que me lleves y haré que valga la pena".

¿Ella quiso decir eso o está jugando conmigo?

No importaba porque tuvo el efecto deseado de ponerme duro y erguido hasta el punto de que sabía que era la erección más dura que había tenido en el día.

Luego hizo un pequeño toque sobre todo mi cuerpo para asegurarse de que todo estaba en su sitio.

Después de acabar en mi polla, Cindy gimió ante lo que vio.

Luego dejó la botella y fue a buscar la cuerda.

Tenía dos lazos de cuerda enrollada, que colocó a cada lado de mí.

No era como la cuerda de nylon gruesa que mantenía mis brazos en su lugar, sino más pequeña como una cuerda de tendedero.

Dos veces, con toda su fuerza, ató un extremo de cada cuerda enrollada a uno de mis pulgares apretando los nudos hasta que gemí cada vez que lo hacía.

Desenrolló cada sección de cuerda y las sostuvo como si fueran riendas.

"Ahora, cuando nos llamen a la fiesta, te jalaré hacia ellas y quiero que luches por las Damas, pero no tan fuerte como para que te caigas. Queremos que luches para que todas se emocionen. ¿Entiendes Peter? Oh, mierda, casi lo olvido ".

"Sí, Cindy, entiendo. Soy el animal salvaje con la correa". Respondí mientras la veía correr hacia un gabinete del cual ella sacó un trozo de cadena y, joder, no, puños de acero.

Ella tiró de una banda elástica que sostenía la llave del brazalete sobre su muñeca derecha mientras corría hacia mí.

"¡Rápido Peter, junta tus pies!" Ella ordenó y supe que el espectáculo estaba a punto de comenzar.

Se agachó y se colocó los puños en cada tobillo, colocándolos en su lugar.

El clic que hizo cada cerradura parecía tan fuerte como un grito.

Cuando se arrodilló frente a mí, puso mi polla en su boca y chupó con fuerza durante unos segundos que deseé que duraran para siempre.

"Eso fue para animarte más", dijo ella retocando mi cuerpo por el aceite que tomaba en su boca.

Justo cuando se levantó, la puerta del garaje se abrió y una ráfaga de aire caliente llegó a nuestros cuerpos.

Cindy ajustó el pedazo de tela roja que trataba de tapar su coño sin demasiado éxito y se aseguró de que su collar estuviera alineado correctamente.

"¿Listo, Peter?"

"¡Vamos a hacerlo maldita perra!" Respondí.

Me fulminó con la mirada y luego recogió las dos cuerdas atadas a mis pulgares, las apretó y me sacó luchando hacia el sol de la tarde.

CAPÍTULO IV

"Maldita sea ... Deja de tirar de forma tan jodidamente rápida", le susurré a Cindy.

Luego las riendas de mi yugo se aflojaron y noté que Cindy se había detenido mientras giraba a la izquierda hacia la Fiesta y estaba mirando a los tres machos que se acercaban, cada uno con un rollo de cuerda o correas de cuero.

Estaban desnudos, excepto por un pequeño taparrabos de cuero que cubría sus partes privadas.

Los tres eran aproximadamente de mi tamaño y edad y cada uno también llevaba un collar idéntico al que yo tenía puesto.

"Lo sacaremos de aquí, esclava Cindy. Debes reportarte al esclavo Ken de inmediato", dijo uno de ellos.

"No, todavía no está listo para esto. ¡Peter, no lo sabía! ¡Corre! ¡Sal de aquí! ¡Ahora!" Cindy me suplicó.

Comencé a darme la vuelta para irme, pero dos de los esclavos varones ya me habían alcanzado y aferrado a la cuerda sujeta a mis pulgares.

Aunque con la cadena trabada en mis pies, no habría conseguido andar cinco pasos de todos modos.

En la distancia, noté a un grupo de mujeres que observaban atentamente la situación en la que me encontraba y en la parte delantera del grupo estaba la señora Lucy.

Entonces me di cuenta de que Cindy caminaba, no, huía con la cabeza gacha y creo que estaba llorando.

¿En qué me he metido?

Qué imbécil soy.

Entonces mi situación y los que me tenían me devolvieron a la realidad.

"Saludos, esclavo Peter, soy el esclavo James y estos dos caballeros son los esclavos Bob y Frank. Por favor, no nos den un problema, Peter, y entonces no habrá ningún problema para usted".

"¿Por qué no te vas a la mierda? ¡Déjame en paz! No se discutió nada de esto con la señora Lucy, así que me largo de aquí", le grité al que se llama James.

"Sujétenlo bien fuerte", dijo James a los demás sin siquiera mirarme.

Luego agarró el eje de mi pene que era todo menos erecto, tiró con fuerza de él y deslizó un nudo de cuerda pequeña que se apretaba justo detrás de la cabeza.

Luego tiró de la cuerda apretándola tanto que solté un grito largo y fuerte.

"Eso te duele bastardo, ¡quítatelo, quítatelo!" Grité y luché con todas mis fuerzas.

Cuando lo hice, miré hacia el otro lado del césped y noté que las mujeres lo observaban todo mientras bebían un vaso de vino.

Parecía que otros esclavos desnudos estaban allí, probablemente como servidores, y también lo estaban observando todo.

"Para tu conocimiento, fue la señora Lucy quien ordenó esta situación. Deberías sentirte orgulloso, ya que esto nunca sucedió el primer día y si la superas, ella se convertirá en miembro de la Élite del Grupo con todos los derechos. Ahora, tú entretendrás y complacerás a los demás luchando. Solo considéranos como tus hermanos esclavos que están aquí para simplemente ayudarte esta noche, ja, ja. Y realmente lamentamos lo que está por suceder. Ok, muchachos, quiten la cuerda de sus pulgares y coloque las correas del collar. Tengo que llevarme al novato y, a menos que quiera perder el extremo de su polla, se comportará ".

¿Oh Dios, qué he hecho?

¿Qué me van a hacer?

Miré a cada uno de mis captores con la esperanza de que los hiciera sentir como una mierda, pero lo único que hice fue enojarlos y tiraron de las correas que cada uno tenía sobre mí.

Los tres se miraron, asintieron y se volvieron hacia las Damas, dejándose caer sobre una rodilla, con la cabeza hacia abajo y cada una sosteniendo su correa en el aire con la mano derecha.

Miré a mis tres captores y me pregunté qué demonios estaba pasando.

James estaba frente a mí sosteniendo la correa del collar y Bob a mi izquierda con Frank a mi derecha, cada uno sostenía las correas de cuello.

A unos cien pies en línea recta, debajo de un gran toldo para protegerlas del ardiente sol, las Damas habían colocado una fila de sillas con dos de ellas en el frente ocupadas por la Señora Lucy y otra mujer afroamericana.

Todas las damas llevaban un pequeño vestido negro simple similar con accesorios dorados y botas negras.

La mujer que estaba al lado de Lucy se puso de pie, se volvió y señaló a una esclava arrodillada indicándole que se acercara.

Una esclava alta, bien bronceada y engrasada, con cabello largo y liso y negro, se levantó y se quedó con la cabeza inclinada frente a la señora Lucy y la dama negra.

Cada una de las dos damas le dio un artículo que sostuvo en cada mano y luego se volvió y caminó hacia nosotros.

Oh Dios, ella también es hermosa, pensé, y comparándola con Cindy, noté que tenía la misma altura, pero en mucho mejor estado, todo lo cual se acentuaba con su piel bronceada y engrasada.

Entonces la reconocí.

Ella era la consejera legal de la tribu indígena de la Primera Nación local y ella misma era una indígena norteamericana.

Mirando a mi alrededor, me di cuenta de que solo esta mujer, unos cuantos esclavos arrodillados, y yo, estábamos engrasados.

Ninguno de mis captores lo estaba.

"Oh, mierda, amigo jodido. Es Angela. Ella te cortará las pelotas si le das un mal rato", dijo Bob.

"Lo siento, Peter, pero es mejor que seas tú, que nosotros", dijo James, con Frank también de acuerdo.

Miré a la mujer que se nos acercaba con aire de confianza y una sonrisa en su rostro.

También llevaba un trozo de tela roja, que trataba de ocultar su entrepierna pero que no cubría nada, y una cadena de oro que la sostenía alrededor de sus caderas y nada más ni zapatos ni aretes, y ella también llevaba mucho maquillaje como Cindy.

Noté que en su mano derecha sostenía un látigo marrón y en su mano izquierda había algo que no podía ver.

Cuando ella se acercó, comencé a retroceder y luego empecé a forcejear con las correas adjuntas, lo que hizo que mis tres captores se pusieran de pie y me mantuvieran en su lugar tirando hacia atrás.

"Suelten las malditas cuerdas, bastardos. ¡Déjenme ir! ¡Dejarme salir de aquí! Por el amor de Dios, chicos, me van a dejar salir ahora".

Grité esto tan fuerte como pude y me di cuenta de que Angela ahora corría hacia nosotros, el cabello negro bailando detrás de ella y casi ya alcanzándonos.

El sol caliente parecía deslumbrar su piel engrasada, lo cual era una tontería en la que pensar en lugar de tratar de encontrar un escape de mi apuro.

"Abre tu bocota, chico", dijo ella con voz profunda y fuerte mientras agarraba mi brazo izquierdo, "No queremos que los vecinos escuchen ahora, ¿verdad?"

"Vete a la mierda puta negra, ¡quiero salir de aquí y ahora!"

En seguida me di cuenta de que no debería haber dicho nada, especialmente por los calificativos despectivos a su origen africano, pero ella solo sonrió a mis comentarios.

"Sigue así y estás muerto, jodida carne", susurró en mi oído izquierdo. "Ahora abre tu maldita boca, chico", gritó mientras saludaba con la cabeza a James.

El dolor de un tirón fuerte en la correa de la polla, así como Angela tirando de mi cabeza hacia atrás por el pelo para que mi cabeza golpeara en el perno en la madera me hizo gritar con la boca abierta.

Fue entonces cuando ella me introdujo en la boca un gran pedazo de cuero tejido, que inmediatamente dobló detrás de mi cabeza en un nudo lo más rudo posible.

"¿Cómo está esta puta?" ella ladró.

Lo mejor que pude, respondí a través de la mordaza y dije:

"¡Vete a la mierda, asquerosa zorra! ¡Sácame esa cosa! Quiero estar fuera de aquí", y aunque mi respuesta sonaba como ... Hmphhh ... hmphhh ... hmphhh, era distinguible para ella el sentido de la misma ya que su mano abierta se apretó en un puño mientras intentaba controlar la situación.

"James, dame la correa del cinturón y luego toma a tus dos amiguitos y sus correas y vete a la mierda aquí, la señora Lucy y la señora Samantha han cambiado de opinión acerca del entretenimiento, para ser justos con Peter, esto nunca se discutió con él. "Ordenó Angela.

"Pero yo ..." tartamudeó y lo pensó mejor.

Él asintió con la cabeza a sus dos ayudantes y ambos comenzaron a caminar hacia el resto del grupo.

Angela se volvió hacia el grupo de damas y levantó su brazo izquierdo con una mano abierta para indicar 5 minutos.

Luego se volvió hacia mí y agarró el anillo D en la parte delantera de mi cuello, del cual tiró y me arrastró para volver al cuarto de servicio que había dejado hace unos minutos con Cindy.

Me puso de nuevo en la lona y fue a un armario a buscar otra botella de aceite para el cuerpo, que ella trajo de vuelta y se paró frente a mí.

"Ahora Peter, solo nos quedan unos minutos, así que déjame ponerte al día. Tu Ama ha subido la apuesta inicial por así decirlo y te ha ofrecido como su boleto para pasar rápidamente a un estado de Élite en el Placer del Dolor. ¿Has oído hablar de eso? Bueno, ¿a quién le importa lo que piensas de todos modos? ¿Estuviste de acuerdo en ser su esclavo, Peter? ¿Estuviste de acuerdo en asistir a la fiesta como su esclavo? ¡Indícalo asintiendo con la cabeza si eso es cierto!"

Yo asentí que sí.

"Bueno, eso lo resuelve. Me preocupaba que tu miedo hubiera sido real, pero has firmado un contrato con Lucy y, a partir de este momento, no puedo hacer nada al respecto. Pero vas a pagar por tus arrebatos y tú voy a hacerte cumplir tu contrato con tu Ama. ¿Sabes quién soy?

Asentí con la cabeza otra vez, por lo que ella desató la cuerda de la cabeza de mi pene.

"Ahí, no necesitaré esa correa. Supongo que esos tres débiles pensaron que eso impresionaría; debe ser una cuestión de hombres. ¿Eso se siente mejor, Peter? ¿Te gusta cargar todo el peso del yugo en tus hombros? Eso fue mi idea, una vez que me contaron tus atributos físicos. Espero que te duela mucho, porque los comentarios que hiciste sobre mí me dolieron y te serán devueltos ".

Parecía divagar al hacerme preguntas, pero nunca esperando una respuesta como estaba amordazado o sacudiendo la cabeza, así que pensé que lo mejor era permanecer así y no hacer nada.

Mientras hablaba, se desabrochó el arnés que llevaba puesto y lentamente me sacó el tapón del trasero, pero sin mostró ninguna preocupación en sacar mis bolas y mi polla del anillo, lo que me hizo gritar y morder la mordaza.

Una vez el tapón estaba fuera, ella lo tiró todo sobre la lona.

Sus suaves manos pasaron por mi culo, pelotas y suavemente sobre mi polla, que estaba más que floja que la correa que se había atado a ella.

"¿Esto se siente mejor Peter?" ella preguntó.

Asentí con la cabeza al sentimiento afirmativo de que mis músculos se relajaron una vez que se retiró el tapón.

Estaba hablando con una Ama negra a su lado, a su izquierda, quien supuse que era la señora Samantha y que parecía estar de acuerdo con la aprobación del esclavo elegido por Lucy, yo.

Cuando me acerqué, noté una estructura de madera a mi derecha.

¿Una horca?

Vaya mierda.

"Párate, esclavo", ordenó Angela cuando estaba a 5 pasos de mi ama Lucy.

Luego se movió a mi lado y dio un duro golpe en mi polla aún erecta.

"¡De rodillas cuando estés frente a tu Ama!"

Caí de rodillas e inmediatamente recibí otros tres latigazos pesados en mi espalda que me dolieron, pero que me dieron más placer que antes, pero no pude entender ni ver mi pene erecto.

Escuché una orden, que creo, era de Angela que agachara la cabeza hasta que tocara el suelo y la mantuviera allí.

Mientras lo hacía, el peso de la pieza de madera en mi espalda me hizo gritar y recibir otro golpe.

Luego, todo quedó en silencio durante un período de aproximadamente diez segundos que pareció durar una eternidad y una voz que asumí que era la Señora Samantha por su proximidad y voz autoritaria, comenzó a hablar.

"Señoras, bienvenidas a esta reunión especial del Grupo del Placer del Dolor. Estamos aquí para reconocer oficialmente a Lucy como nuestra nueva miembro de élite y la felicitamos por su elección de esclavo, que estoy seguro de que la complacerá mucho. Lucen geniales todas, señoras, ¿engrasadas así y listas para nuestros látigos? Lucy, hay un asunto sobresaliente de la disciplina de esclavos que sé que ahora resolverás. ¿Qué has elegido? "

"Gracias, señora Samantha, por todas sus amables palabras. Le demostraré a todos que, como una verdadera dominante y profesional, soy y seré un líder de todos los hombres, todos los cuales son inferiores a nosotros. ¡Esclavo Peter! Él eligió su primer castigo para ser suspendido en su primera participación. Se le presentará a cada Ama presente y a sus látigos, comenzando con la Señora Samantha y terminando conmigo misma, lo que significará un total de once lecciones. Esto será seguido por el final, al que solo llamaré El Tormento Final, ya que es algo nuevo que Angela y yo hemos creado. Todos los esclavos, con excepción de la esclava Cindy, irán de inmediato a la sala de espera en el sótano ya que no se les permite ver el primer castigo del nuevo esclavo Peter ".

Cuando la Dominatrix terminó, escuché un murmullo de satisfacción y un aplauso, que fue diferente a los primeros sonidos, que debían de ser de los esclavos que estaban detrás de cada una de sus Amas.

Nadie nunca ha tenido tantas lecciones, fue susurrado por un esclavo.

La Ama dijo:

"Bien hecho, Lucy, qué cuerpo tan fantástico tiene tu chico".

No me preguntaron ni asumí que me preguntaran si estaba de acuerdo con el entretenimiento planeado, ya que quería ser su esclavo más que nada.

"¡Vamos Peter, es hora de que estés preparado para saludar a todas las Amas!" Angela ordenó.

Intenté levantar la cabeza, pero el peso del yugo sobre mis hombros y mi agotamiento no me permitieron hacerlo. Angela pidió que la esclava Cindy se acercara para ayudar, y las dos tomaron un extremo del yugo y me levantaron con facilidad.

Cuando me levanté, miré a mi alrededor y noté que los esclavos se iban y las Amas en pequeños grupos se entretenían con vino y entremeses y pensé en lo mucho que necesitaba una bebida.

Miré a Cindy y sonreí a través de mi mordaza tratando de insinuar que no estaba enojada con ella por la sorprendente secuencia de eventos.

Me miró a los ojos y luego apretó suavemente mi brazo.

Angela me arrastró por un anillo en D en mi cuello hasta que estuve directamente debajo del brazo extendido de la horca.

Parado allí, miré hacia arriba y noté un cable con un gancho de seguridad adjunto, luego escuché un motor y observé que el gancho bajaba para terminar justo debajo de mi cabeza.

¿Qué dijo la señora?

¿Suspensión y participación y algo más?

Debo prestar más atención.

"Cindy, desata las cuerdas en su muñeca y el antebrazo en ese extremo del yugo y yo lo haré en este otro. Debemos poner los brazaletes de suspensión en el chico y luego la barra de suspensión frente a él. Una vez hecho esto, lo desataremos y guardaremos el yugo de madera. La señora Lucy no quiere perder más tiempo ". Dijo Angela.

Luego me pusieron puños gruesos de cuero en las muñecas y supe para qué eran, ya que había revisado los anuncios fetichistas en Internet.

Una vez en marcha, Angela levantó una pesada barra de acero de aproximadamente seis pies de largo, delante de mí.

Tenía cadenas con ganchos de presión en cada extremo, un anillo pesado en el medio.

Cindy rompió rápidamente los ganchos de cada cadena en la parte superior de los puños que sujetaban mis muñecas y una vez que la segunda estuvo en marcha, Angela bajó lentamente la barra hasta que la sostuve por mi cuenta.

El peso adicional en mi cuerpo y brazos me hizo gemir ruidosamente en mi mordaza y noté que Lucy me miraba y el grupo con el que estaba comenzó a sonreír y reír.

Angela y Cindy se movieron rápidamente para quitar el yugo, lo que me hizo sentir mucho mejor e incluso después de que levantaron la barra sobre mi cabeza y pusieron el anillo en el gancho de seguridad, sentí que la presión se eliminaba de mi cuerpo.

Angela se me acercó y me susurró para que nadie, ni siquiera Cindy pudiera escuchar:

"Esclavo, ahora te quitaré la mordaza y te daré agua antes de que se hagan las presentaciones. Si no te comportas bien antes de la noche. se acabó, honestamente, y te cortaré ambos pezones. ¿Entendido?

Asentí con entusiasmo, diciendo sí, cuando me dirigí a ella deseando beber y retener mis pezones.

Noté que la barra de la que colgaban mis brazos se giró conmigo cuando hice esto y al mirar hacia arriba, entendí por qué el gancho de seguridad tenía un eslabón giratorio incorporado para que pudiera girar en cualquier dirección.

Cindy luego quitó la mordaza de mi boca y, mientras estaba de pie detrás de mí, presionó suavemente sus pechos contra mi espalda, lo que causó que un gemido de placer escapara de mis labios.

Gracias a Dios, Angela no había oído ni visto nada de eso, me dije.

Angela luego llevó una botella de agua a mis labios, de la cual intenté tragar todo, pero solo se me permitieron unos pocos sorbos.

"Lo siento, Peter", dijo Angela, "Pero solo puedo darte unos cuantos sorbos o puedes tener un calambre o incluso enfermarte. Oh, Cindy, genial, tienes la barra de distribución para sus pies. Pongámoslo en marcha rápidamente, Peter. Recuerda lo que dije sobre gritar ".

Primero, Cindy abrió la traba de mis pies con la llave que había guardado en una pulsera y luego las dos chicas agarraron rápidamente la barra, que tenía que medir unos tres pies de largo, y abrocharon una correa de cuero a cada tobillo.

Mientras esto ocurría, sabía por qué Angela me había dado el recordatorio de gritar, ya que no solo me separaba de la barra, sino que ahora colgaba suspendida del suelo en una posición de águila extendida colgando de mis muñecas.

Todo lo que podía hacer era apretar mis dientes y gemir lo más suavemente posible.

Luego, Angela probó mi situación moviéndome lentamente de un lado a otro y luego girándome una vez para asegurar que el giro funcionara.

Cuando me hizo frente a las Amas, dijo:

"Esclavo, te pondrás de rodillas antes de saludar a cada Ama y tendrás la cabeza gacha, los ojos bajados. La saludarás cuando ella esté frente a ti y lo harás así 'Saludos, señora, soy el esclavo Peter de la señora Lucy'. Luego nos ordenará que te pongamos de pie sobre los dos pies o en total suspensión y luego te presentará formalmente su látigo y otras cosas. Todos las Amas tienen permiso para hacerlo. te azotan tantas veces como deseen, desde los hombros hasta los dedos de los pies, pero para tu pene, solo debe usar un látigo. Recuerda no llorar Peter o serán más duras contigo. ¿Entiendes Peter?

"Sí, Angela, entiendo", le dije, pero tenía miedo de preguntarle qué significaba "y otras cosas".

"Esclavo, quiero que hagas algo por mí. Supongamos que acabas de recibir un golpe, gírate hacia la izquierda media vuelta. ¡AHORA!"

Tuve que intentarlo unas cuantas veces hasta que lo entendí bien, ya que la primera vez fui demasiado lejos y luego no lo suficientemente lejos en los próximas veces o gire por completo.

Luego me pusieron de puntillas y tuve que repetir el proceso hasta que lo hice bien.

Mientras me instruían en esta técnica de girado, Cindy había colocado una mesa frente a mí y sobre ella había flageladores de varios tipos y colores y una gran pecera de vidrio llena de pinzas de madera.

Angela luego le hizo un gesto con la cabeza a Cindy para que viniera a mi lado y luego Angela se dirigió a los Amas.

Joder, ella es muy hermosa y también lo son Cindy y todas las Amas, pensé cuando Cindy comenzó a acariciar mi polla de nuevo para mantenerla duro, supongo.

"Sé valiente Peter y pronto terminará. Te quiero Peter", susurró.

CAPÍTULO V

Un escalofrío recorrió mi cuerpo mientras estaba allí esperando mi destino, mantenido en mi lugar por Cindy mientras acariciaba suavemente mi virilidad.

Recuerdo que miraba hacia el lago y los veleros que se dirigían a casa en un lecho de agua cada vez más tranquilo.

Los primeros pensamientos del atardecer empezaron a afianzarse y supe que estaría oscuro en menos de una hora y me pregunté a dónde se había ido el tiempo.

"Prepárense. Están llegando", Angela le ordenó a Cindy cuando volví a la realidad.

No había notado el regreso de Angela y cuando me volví hacia ella, me dio una fuerte bofetada en las nalgas y dejó escapar una risita.

"Apenas puedo esperar para ver si lograras en la próxima hora ya que es mejor que pongas a todas las Damas calientes y húmedas durante tu presentación. Ahora Cindy, pon a esta puta de rodillas antes de que estén aquí. Y Peter, recuerda lo que te he dicho ".

Mi cuerpo en forma de águila extendida se apoyó en mis rodillas con la ayuda de Cindy, ya que no estaba seguro de cuál era la mejor manera de ponerme en posición.

De rodillas, mantuve la cabeza baja, como lo ordenó Angela, pero sabía por la visión periférica que tenía y por sus voces que ahora estaban frente a nosotros.

"Señoras del Placer del Dolor, les ofrezco a mi esclavo, el esclavo Peter, para su consideración. Por favor, utilícenlo bien. Después de completar la prueba de mi hombre sin valor, habrá un espectáculo especial para ustedes que Angela ha preparado tan amablemente. Lady Samantha, por favor, tenga la amabilidad de comenzar la ceremonia ".

Todos se quedaron callados delante de mí y pude escuchar a la señora Samantha cuando se acercaba e incluso cuando retiraba las pinzas del cuenco.

Una de las Damas luego dijo suavemente a otra persona:

"Ah, el aguijón, ella lo pondrá a prueba".

Murmullos afirmativos a través de la reunión.

Cuando ella estaba frente a mí, le dije lo que me había dicho Angela:

"Saludos, señora, soy el esclavo Peter de la señora Lucy".

"Levanta la cabeza y mírame, esclavo", me ordenó.

Mientras levantaba la cabeza lentamente, noté que en su mano izquierda sostenía dos pinzas para la ropa y en su derecha sostenía un látigo de cuero rojo oscuro.

El látigo se veía como un látigo corto, trenzado, pero al final tenía una longitud adicional de nueve colas hechas de cuero casi del tamaño de una cuerda, cada una anudada al final.

'Que mierda', pensé.

Tan ingenuo como soy, sabía que el látigo que sostenía no era el flagelador que Angela había descrito.

Miré a Angela y ella sonrió de una manera apenas inocente y se encogió de hombros.

'Esa perra va a conseguir lo que busca algún día'.

Sabía que me iba a doler más de lo que había explicado anteriormente, pero lo iba a tomar como fuera demostrarle a Angela que podía aguantar.

La señora Samantha había visto esta interacción y se echó a reír.

"Señoras, parece que a este esclavo no se le dijo todo sobre el show de esta noche, pero él aceptó estar aquí y esta será una buena lección para él. ¡Esperemos a un esclavo desconcertado!"

"Peter, esclavo, ¿estás de acuerdo en que estás subordinado a todas las mujeres, que todas las mujeres son superiores a los hombres, que servirás y obedecerás a todas las mujeres sin importar dónde estés y que aprenderás a apoyar el movimiento de Placer del Dolor?"

"Sí, señora Samantha, estoy de acuerdo," contesté.

"¿Sabes quién soy, esclavo, y qué hago?"

"Sí, señora. Usted tiene su propio bufete de abogados en Portland que yo he usado, pero solo he tratado con su personal".

"Nuestra participación en este Grupo debe ser confidencial. ¿Entiendes Peter y podemos contar con que lo mantengamos en secreto?"

"Entiendo que la señora y yo siempre mantendremos todo confidencial".

"¿Has probado el dulce néctar de una diosa negra, esclavo y deseas hacerlo?" ella preguntó.

"Sí, señora Samantha, lo deseo".

Tan pronto como mencioné esas palabras, la mano sostenida por el látigo fue a la parte posterior de mi cabeza y la empujó hacia su coño en espera que había sido expuesto por su otra mano al levantarse su vestido.

Mi lengua inmediatamente buscó su clítoris, que estaba caliente, y nadando en jugos de sexo, y mientras lo lamía, sentí que se endurecía y crecía.

Sin pedir permiso, giré mi cabeza ligeramente, abrí la boca que rodeaba su sexo y comencé a absorberlo todo a un ritmo cada vez mayor.

Por unos segundos, ella golpeó su coño en mi cara y luego me empujó bruscamente.

"Ah, perra", gritó y abofeteó mi cara con su látigo. "Lucy, lo has hecho muy bien ... no solo el cuerpo de esta zorra está hecho para servirnos, sino que creo que su mente también está lista para servirnos".

La señora Samantha dio un paso atrás y, mirando a su esclava, Angela dijo: "Listo", y luego le dio las dos pinzas para la ropa a Cindy.

Fui levantado completamente del suelo, completamente suspendido en esta salvaje postura de águila extendida, frente a la cabeza de este Grupo de Placer del Dolor.

Noté que Cindy miraba algo pensativa en las pinzas de ropa y luego procedió a poner una en mi pezón izquierdo y otra en el saco de mis huevos, lo que causó un gemido silencioso saliera de mis labios.

Mientras esto sucedía, miré a Samantha, que se veía increíblemente salvaje para mí y sentí que mi polla se endurecía.

"¡Miren, damas! La puta ya está presentando sus respetos correctamente ante mí".

Inmediatamente después de decir esto, me golpeó con fuerza el muslo derecho y luego otra vez en el izquierdo, lo que me hizo luchar en mis ataduras, pero no emitir un sonido entre mis dientes apretados.

"Angela, media vuelta por favor," ordenó Samantha.

Angela entonces siseó en mi oído lo suficientemente fuerte como para que todos lo escucharan.

"Vuélvete, puta perra, y se rápido".

Con todas mis fuerzas, rápidamente di la vuelta lo más suavemente posible y todo el tiempo pensando en Angela y diciéndome a mí mismo:

'Voy a tener a esa puta para mí'.

Seguro que ella podría ser un poco más agradable en otras circunstancias.

Cuando completé el giro, miré a los ojos de Angela e intenté matarla sin mucho éxito.

Luego Samantha me dio dos duros latigazos en la espalda con su látigo y luego supe por qué se referían a él como el aguijón.

Era como si con cada golpe, pudiera sentir las nueve colas del látigo entrando a mi cuerpo, pero, aun así, tenía una sensación de hormigueo que casi parecía exigir más.

Cuando mi lucha interior se calmó, escuché a Samantha decir, "¿Listo, Angela?" y luego oí un silencio de la multitud de damas reunidas cerca.

Bajé la vista y observé cómo Angela se inclinaba hacia mí y se llevaba mi polla erecta a la boca, trabajándola hasta que la tuvo como quería y luego levantó la mano derecha.

En ese momento, mi mundo explotó con una serie de duros golpes en las nalgas y los dientes de Angela apretando la polla con tanta fuerza que pensé que ella me la cortaría.

No grité, pero mis gemidos a través de los dientes apretados sonaban como si masticara tierra.

Mientras luchaba en esta posición de total esclavitud, Angela continuó mordiéndome el pene hasta que la señora Samantha habló:

"Angela, detente de una vez. Serás castigada más tarde por este arrebato. ¿Qué demonios estabas pensando mujer?"

Luego me puse de pie y, con la ayuda de Cindy, me volví hacia el Grupo y una vez más me puse de rodillas.

Mientras bajaba la cabeza, mi ama habló al grupo:

"La siguiente será nuestra invitada de fuera del distrito, la señora Victoria, que ayudó a establecer nuestro Grupo local. Señora Victoria, por favor".

"Saludos, señora, soy el esclavo de la señora Lucy," dije cuando ella se paró frente a mí.

"¡Levanta a tu cabeza, chico! ¿Sabes quién soy?"

Cuando levanté la cabeza, volví a notar las dos pinzas para la ropa, pero esta vez su mano derecha sostenía un pequeño látigo y mi corazón se hundió, pero no se llevó mi virilidad, ya que permanecí duro de alguna manera.

Miré hacia arriba a los ojos de una mujer madura que aún era extremadamente hermosa y tenía el cuerpo de alguien mucho más joven.

"Eres la señora Victoria. He intercambiado correos electrónicos contigo cuando me uní a tu grupo de rol, pero nunca fui bueno en eso y me rendí. Lo siento, señora".

Honestamente, esperaba no haberla disgustado mientras bajaba la cabeza.

"Levanta y gira", me ordenó Angela a mí.

Primero, le dio las dos pinzas para la ropa a Cindy, que, de nuevo después de mirarlas, levantó las cejas y luego procedió a poner ambas en mi pene: En la piel a cada lado de los huevos en la base.

Luego vinieron cinco duros latigazos en mi espalda y mi trasero mientras gemía y luchaba en mis ataduras.

"Excelente, excelente", declaró la señora Victoria antes de que volviera a mi posición de rodillas.

Y así fue, con diferentes castigos de todas estas mujeres poderosas, cada una de ellas fue convocada por mi Ama.

Desde Nellie, profesora de secundaria, hasta Flora, actriz de telenovelas, a Jane, doctora, a Jemina, profesora de Historia, a Rosie, artista en un Talent Show, a Laura, dueña de la estación de televisión que me invitó a su isla.

Hubo dos excepciones que señalaré con más detalle, Clara, presentadora de un canal de noticias por cable y Celine la chica del tiempo del mismo canal.

Cuando llamaron a la señora Clara, se acercó dándole una palmada a un gran látigo negro que colgaba de su muslo y se detuvo justo delante de mí casi tocando mi cabeza inclinada.

"Saludos, señora, soy el esclavo Peter de la señora Lucy", tartamudeé algo tembloroso y con miedo mientras seguía golpeando el látigo en su pierna sabiendo que podía ver su juguete.

"Levante la cabeza, señor. ¿Sabe quién soy?"

El señor fue dicho de manera despectiva para que todos lo escucharan.

Cuando levanté la cabeza, y la miré por primera vez en la vida real me di cuenta de que era incluso más hermosa que en la televisión.

Tenía un cuerpo bien afinado para morirse y su cabello era actualmente rubio oscuro hasta los hombros y, por lo que había leído, su cerebro superaba a la mayoría de los hombres.

"Sí, señora Clara, eres un referente en el Cable".

Cuando dije esto, noté que ella no estaba prestando atención a nada de lo que dije, sino que estaba mirando a Angela.

Volví la cabeza en dirección a Angela y noté que estaba mirando a Clara y sonriendo y lamiéndose sus labios.

"Esa chica también es bromista, cachonda y le va todo", pensé en Angela y suavemente me reí a carcajadas.

Desafortunadamente, la señora Clara pensó que me estaba riendo de ella y me abofeteó.

"¡Señora Lucy! Este cerdo tuyo se atreve a reírse de mí. ¿Qué va a hacer al respecto?"

"Mis disculpas Clara. Angela, toma las pinzas y ponlas en el bastardo. ¡Ahora!" Ella ordenó.

Cuando Angela fue a la mesa por las pinzas, le preguntó a Lucy qué tan apretada deseaba que se pusieran y la respuesta de Lucy fue:

"Cuando ya no puedas apretarlas más, estarán perfectas".

"Señora Clara, espero que esto cuente con su aprobación" Lucy preguntó.

"¡Levántalo de puntillas!" Dijo Clara mientras le daba las pinzas a Cindy.

Angela luego le ordenó a Cindy que quitara todas las pinzas de ropa de mis pezones y me las pusiera en la polla una vez que me levanté en posición.

Cindy no me miró a los ojos cuando retiraron las cuatro pinzas para ropa y las transfirieron a mi polla y luego las pinzas de Clara se colocaron en mis huevos.

En ese momento, mi pene estaba casi completamente cubierto en cada lado por los pasadores.

Luego, Angela, sonriente y amigable, la perra hizo lo suyo con las abrazaderas.

Cada abrazadera consistía en dos barras de metal planas con tornillos en cada extremo que se debían apretar a mano.

Después de que se aflojara cada una, colocó una abrazadera sobre un pezón con una barra encima y debajo, y luego hizo que Cindy sacara el pezón por la abrazadera mientras lo apretaba.

Una vez que ambos estuvieron sujetos, me sentí algo aliviado ya que solo Cindy tirando de ellos causaba algún tipo de dolor.

"Ahora voy a apretarlos, perra", dijo mientras ambos nos mirábamos el uno al otro.

A medida que los apretaba, el dolor era comenzaba a ser insoportable.

Nunca había sentido un dolor tan severo, pero que me condenen que no les iba a dar el gusto de gritar porque eso es exactamente lo que Angela quería que hiciera.

Clara me ordenó que girara, lo cual aprecié porque, después de que todas mis fantasías televisivas con ella se hubieran roto al saber que prefería al sexo opuesto, no quería verla azotándome y sintiendo la humillación.

En realidad, su azotes con el látigo eran dolorosos pero emocionantes.

¿Sería por mi humillación?

Con la señora Celine, nunca llegamos a la fase de azotes.

Después de su acercamiento y mi introducción, miré su belleza y sonrió, y dije que la había visto durante años todos los fines de semana mientras presentaba el informe meteorológico local y solté que estaba enamorada de ella y pensé que se veía fantástica.

"¿Quieres probar a tu chica del tiempo, Peter?"

"Sería un honor, Ama," contesté y luego procedí a colocar mi cabeza entre sus piernas mientras ella levantaba su vestido.

Estaba caliente y húmeda y necesitaba un orgasmo.

Mi lengua trabajó duro en su clítoris mientras bombeaba su cuerpo contra mi cara.

Cuando estuvo completamente hinchado, pude sostenerlo con mis labios mientras mi lengua lo recorría.

No pasó mucho tiempo antes de que ella gimiera con un orgasmo y los jugos de amor cubrieran mi cara.

Luego dio un paso atrás, dejó caer el látigo y se acercó a mi Ama y le preguntó en broma si me vendería a ella.

Después de haber pasado por mis presentaciones con cada una de las Amas, me arrodillé con la cabeza inclinada y supe que la Señora Lucy estaba delante de mí.

"Saludos, señora Lucy. Soy tu esclavo, tu esclavo Peter".

"Levanta tu cabeza esclavo"

Cuando lo hice, supe por qué estaba allí esa noche, ya que su belleza era cautivadora y realmente la amaba.

No sostenía ninguna pinza, pero sí un pequeño látigo en su mano derecha, que supe de inmediato para qué era, ya que en su mano izquierda sostenía una mordaza.

"Bien hecho esclavo. Pronto terminará tu juicio y las damas acordaron permitir que se te pusiera la mordaza para que puedas gritar cuando sea necesario durante el resto de la noche. Ahora, Angela, ponle la mordaza en suspensión frontal y completamente apretada a este chico. "

Angela tomó la mordaza y sin ninguna suavidad la introdujo en mi boca y aseguró la mordaza con fuerza después de empujar mi cabeza.

Las Damas observaron todo esto, especialmente cuando me ayudó a levantarme por las abrazaderas y por primera vez pude gritar en la mordaza.

Me dejaron en suspensión total para que todos lo vieran.

Cuando le ordenaron a Angela que me quitara las pinzas, las Damas observaron con gran interés mi reacción a la extracción de cada una de ellas mientras gritaba y luchaba tratando de consolar mis pezones.

Entonces Lucy se acercó y se paró frente a mí.

"Por favor, Peter, demuéstrales a todas que eres mi esclavo. Ahora quitaré todas tus pinzas de ropa con mi juguetito y no muy suavemente. Todos están observando tu reacción a lo que hago, así que hagámoslo bien".

Asentí y cerré mis ojos decididos a no lanzar un grito más cuando las colas del látigo empezaron a aterrizar dondequiera que se había colocado una pinza para la ropa, pero la mayoría estaban en mi polla y pelotas.

Gemí y luché tratando de escapar del látigo hasta que finalmente se detuvo y abrí los ojos a un sonriente Ama.

"Bien hecho Peter", dijo y luego se dirigió a sus invitadas. "Habrá un breve intervalo de tiempo antes de la presentación de La Suspensión Final. ¿Podríais, por favor, acompañarme con un vaso de vino helado de mi propiedad mientras las chicas preparan el entretenimiento final de la noche?"

"¿De qué diablos está hablando?", Pensé.

¿La Suspensión Final? ¿Me van a colgar?

Luego me bajaron al suelo y me dijeron que me arrodillara mientras Angela y Cindy se ocupaban de prepararse para qué: ¿Mi muerte?

Estaba demasiado cansado para hacer algo, incluso cuando la barra pesada se desconectó del cable y la colocaron detrás de mí.

Cuando miré mi polla, la vi colgando débilmente y supe que incluso el Viagra no sería muy útil en ese momento.

Asombrado, observé cómo Angela y Cindy sacaban a la luz algún tipo de motor, que conectaban, al cable y luego, después de enchufarlo, lo probaban para asegurarse de que funcionaba.

Luego, la barra que sujetaba las cadenas a los puños de mi muñeca estaba pegada a la parte inferior del dispositivo y todo se izó levantándome hasta que me suspendieron de nuevo.

Esta vez, aflojaron la barra de separación en mis tobillos y me la quitaron cuando me bajaron a mis pies.

Cindy luego colocó pesadas esposas de cuero en mis muslos justo por encima de las rodillas y cuando ambas estaban abrochadas con fuerza, me bajaron a una posición sentada.

Me sentí adormecido por todas partes y no temí ningún otro intento de infligirme dolor.

Luego, se ató una cadena de cada manguito del muslo a la barra superior y se apretó hasta que pareció que estaba sentado con las piernas abiertas, mientras el cable me levantaba hasta que estaba a unos cinco pies sobre el nivel del suelo.

"Cindy, probemos esto antes de la actuación final".

Angela lo mencionó en voz baja y luego tomó un cable eléctrico conectado al dispositivo que estaba encima de mí.

Lo que parecía una caja de control de algún tipo estaba conectado al cable por el que Angela comenzó a pasar sus dedos.

Primero me giraron en el sentido de las agujas del reloj y luego en sentido contrario a las agujas del reloj en giros completos a varias velocidades y luego también me sacudí hacia arriba y abajo.

Satisfecha, Angela le ordenó a Cindy que preparara la última pieza, que observé desde arriba.

Llevaron un poste redondo de acero pesado, que tenía más de cuatro pies de largo a una posición directamente debajo de mí y lo atornillaron en lo que pensé que era un orificio de drenaje incrustado en concreto al nivel del suelo.

Después de asegurarse de que estaba apretado y sin movimientos sueltos, Angela tomó un cono de acero inoxidable de una caja y comenzó a atornillarlo en la parte superior del poste de metal.

En ese momento, todo esto estaba sucediendo directamente debajo de mi cuerpo, así que tuve una buena visión de lo que se estaba haciendo y lo que pensé que sucedería, lo que dio inicio a una sesión de luchas duras de mi parte ya que no quería formar parte de esto.

Angela inmediatamente agarró la base de mis pelotas, apretó y golpeó la bolsa de los huevos, que sostenía, tan fuerte como pudo con su puño derecho, lo que provocó que gritase dentro de la mordaza, ya que todo lo que vi era manchas negras brillantes delante de mis ojos.

"Basta, Peter o te seguiré golpeando hasta que te desmayes. ¿Entendido?" Preguntó Angela.

Me detuve, pero por dos motivos, uno de los cuales era la amenaza de Angela y el otro era el hecho de que mi cuerpo estaba todo agotado.

No podía aguantar más porque la suspensión me lo impedía y supe que, por el resto de la noche, simplemente colgaría aquí aguantando el dolor.

Intenté recuperar el aliento mientras observaba el cono más de cerca.

Aunque era difícil decirlo, la parte superior estaba redondeada y parecía tener alrededor de media pulgada de diámetro.

Este aumentaba a lo largo de unas diez pulgadas de longitud hasta un diámetro de unas dos o tres pulgadas en la base, que me pareció de unos diez pies.

Cindy luego lo cubrió todo con una gruesa capa de lubricante y luego, colocando una cantidad sustancial en la punta de sus dedos, comenzó a frotarme el ano con eso.

Ella se echó a reír mientras escupía tratando de introducirme sus dedos, lo que de repente terminó dentro de mí causándome jadear y gemir.

Mientras atendían a mi trasero, Angela conectó un reproductor de CD y probó rápidamente su canción elegida para este jodido evento creado por ella, que esperaba devolverle en especie algún próximo día.

Reconocí la música de inmediato ... y supe que su ritmo lento haría que todas las Damas se emocionaran, pero me causaría mucho dolor.

El reproductor de CD también se adjuntó a la caja de control del dispositivo.

Angela había pregrabado los primeros compases instrumentales de la canción y ahora la tocó para llamar la atención de las Damas para indicar que estaba lista.

Vi como las Damas vinieron y se pararon en un semicírculo a mi alrededor a unos cinco pies de distancia y vi a Angela saludar a la Señora Lucy mientras apagaba la música.

"Señoras, esta es una breve presentación que se le ocurrió a Angela y que ella llama La Suspensión Final.

Mi esclavo Peter no fue informado de esto hasta hace unos minutos y es una buena manera para que mi esclavo sepa que siempre debe esperar lo inesperado.

“Puedes continuar Angela ". Lucy dijo.

"Gracias señora", respondió Angela. "Espero que disfruten del espectáculo al que yo llamo La Suspensión Final y que todos los hombres deberían soportar por la presentación en el Placer del Dolor".

Luego, Angela giró y se dirigió a la caja de control y encendió algunos interruptores, lo que hizo que Cindy bajara y guiara mi cuerpo hacia el cono, que entró unos primeros centímetros de mi culo.

Grité en la mordaza ante esta penetración y al mismo tiempo noté que todas las Damas se habían cogido de los brazos y estaban observando atentamente esta humillación de mi cuerpo.

Entonces comenzó la música y durante el primer minuto mi cuerpo fue subido una pulgada y bajó una o dos pulgadas y volvió a subir y volvió a bajar todo el tiempo al ritmo de la música.

Las Damas, brazo a brazo, parecían estar moviéndose también al ritmo de la música lo mejor que podían hacer.

También escuché que gritaban cosas como "Esto debería suceder a todos los hombres", "las mujeres gobiernan", "los hombres son escoria", "viva el Placer del Dolor", con vítores y palmadas para toda la canción.

Sabía que la perra Angela sería bien recompensada por esto, pero no había nada que pudiera hacer sino simplemente estar allí gritando cada vez que me penetraban en un territorio virgen para mí.

Durante el segundo minuto de la canción, debí haber sido penetrado tres o cuatro pulgadas ya que ya no me movía hacia arriba y hacia abajo, sino que ahora el cono estaba girado en pequeños movimientos hacia la izquierda y hacia la derecha.

Luego el último minuto ... fue uno en el que grité durante todo el minuto, minuto infinito que me pareció.

No solo aumentó el giro del cono, sino que también lo hizo el movimiento hacia arriba y hacia abajo.

Solo pude escuchar rugidos de aprobación de la multitud y supe que estaba empezando a perder la conciencia con cada latido y finalmente, con el final de la canción, el giro se detuvo y mi cuerpo se dejó caer sobre el cono; mi peso bajándolo todo lo que podía.

Entonces grité más fuerte de lo que nunca había hecho en mi vida y luego me desmayé.

CAPITULO VI

Cuando desperté, estaba solo ... no había nadie allí.

El día se había convertido en noche, pero las luces de la casa y de la finca proporcionaban suficiente luz como para poder ver dónde estaba.

Al estar tendido debajo de la estructura de la horca, alguien había echado una manta sobre mi cuerpo y mirando a mi alrededor, no había indicios de que alguna vez hubiera tenido lugar una sesión de ningún tipo.

¿Lo habría imaginado todo?

Ese pensamiento cambió cuando intenté moverme y sentí todos los dolores dentro de mi cuerpo.

Estaba libre de mis ataduras y mordaza, desnudo en el pasto y no tenía idea de qué hacer.

Música y risas vinieron de la casa, pero no quería saber nada de eso y luchando por levantarme, me dirigí al edificio de la entrada donde había sido preparado.

Tropecé por el edificio y encontré mi camino hacia mi auto, al cual entré rápidamente y quise arrancarlo, pero no pude encontrar las llaves.

"¡Fuera del coche chico!"

Levanté la vista y vi a Cindy vestida con una blusa blanca y una falda corta.

Sin sujetador, Dios es hermosa, pensé, pero sabía que no podía hacer nada en este momento.

"¿Me escuchaste muchacho? Sal del auto ahora. Los hombres deben obedecer a todas las hembras y eso significa que Peter, ahora te vas a ir a la mierda de aquí en el auto".

¿Estaba demasiado cansado para discutir o sabía mi lugar en el grupo?

De todos modos, salí de mi auto y vi a Cindy tendiéndome la ropa para que me la pusiera.

“Hey, ¡esa ropa es mía! "¿De dónde sacaste todo eso?" Pregunté.

"Solo póntela y móntate en el auto, debo llevarte a casa y cuidarte. La señora Lucy estaba preocupada por tu bienestar".

Estaba demasiado cansada para decir algo y agradecido de que alguien me llevara a casa.

Cindy estacionó a un lado de la entrada, sin elegir entrar o abrir el garaje.

Las luces estaban encendidas en la casa y supe que no me había dejado ninguna encendida así que me di cuenta de que habían tomado mis llaves y habían preparado la casa en algún momento durante la noche.

Después de que ella me metió en la casa, Cindy me llevó al baño y me hizo entrar a la ducha, en la que entró conmigo.

Ella me lavó, manteniéndome cerca de ella ... se sentía tan suave y tan bien que supe que dentro de poco mi cuerpo volvería a la normalidad.

Mientras el agua salpicaba sobre nosotros, escuché un fuerte ruido en la zona de la habitación.

"¿Qué fue eso? ¿Hay alguien más aquí?"

"Relájate Peter. Eso fue solo el sistema de enfriamiento central o algo así. Tuviste un día difícil. Vamos a secarnos y tumbarnos en la cama".

Ella suavemente me arrastró y me secó besando mi cuerpo donde estaba adolorido o marcado y, finalmente, me dio un fuerte beso en los labios con su lengua pareciendo masajear la mía.

Oh dios, ella me está excitando.

Desnudos, nos fuimos del brazo a la habitación de invitados, que tenía todas las luces encendidas.

Me imaginé que Cindy lo había hecho.

Cuando entramos, me sorprendió ver a la ama Lucy desnuda en la cama usando nada más que una tanga negra.

"Ah, aquí están mis dos esclavos. Ambos lucen fantásticos. Venga, Cindy y únete a mí. No, no tú, Peter, no quiero esclavo. No se requerirán tus servicios esta noche, ¡así que ve a la habitación principal ahora!"

Mi corazón cayó más bajo que nunca al escuchar sus palabras y con la cabeza baja, fui a mi habitación.

Estaba oscuro, así que naturalmente encendí la luz y ¡allí en el piso de la habitación estaba Angela!

Estaba desnuda con puños de metal en sus muñecas cerradas detrás de su espalda y también en sus tobillos y levantada en una posición sumisa al tener su largo cabello atado con una cuerda que estaba fuertemente atada a sus tobillos.

Una mordaza contenía sus gritos ahogados cuando me vio asimilar su belleza y al darse cuenta de lo que iba a pasar a continuación.

Junto a ella había un pequeño látigo de cuero con una sola cola trenzada que parecía un látigo de toro en miniatura y encima había una nota.

La nota era de la señora Lucy y sencillamente decía:

"Recuerda Peter, siempre espera lo inesperado".

Cuando levanté el látigo, mi virilidad volvió con fuerza y supe desde ese momento que nunca dejaría de pertenecer al Placer del Dolor.

FIN

TODO FUERA, TE LO ORDENO

"Ven acá."

He estado observando a Sonya durante los últimos minutos.

Cerré el libro con mi dedo, marcando mi lugar.

Ella está descalza en jeans.

Así que,

"Sonya, ven aquí".

Coloqué el libro en la mesa auxiliar, crucé las piernas y le extendí las manos.

Ella se me acercó, se puso a mi lado, me puse las manos en las caderas y se inclinó para besarme.

La beso por un momento, sus labios son cálidos y suaves, pero, me separo.

Ella está nerviosa.

Tomo el botón superior de sus pantalones vaqueros entre mis dedos y lo abro, tirando de la cremallera hacia abajo.

"Quítate esto".

Ella comienza a hablar y...

"Calla, Sonya, quítatelos, ahora, no digas nada".

Ella traga saliva, y algo chispea entre nosotros.

Se quita los vaqueros, los mueve sobre sus delgadas caderas, sale de ellos y los patea.

Pongo mi dedo en su ombligo, lo arrastro hasta el dobladillo de sus bragas.

"Y esto también."

Ella lo hace.

Las empuja hacia abajo con sus pulgares, las patea.

Paso las puntas de mis dedos sobre su vientre, el frente de sus muslos, tomo sus caderas en mis manos otra vez, y la atraigo hacia mí, con las piernas separadas para apoyarme, puede caber sobre mi en la gran silla de cuero.

Acerco sus caderas hacia mí, encajándola, separando sus muslos, y ella pasa sus dedos por mi cabello, sostiene la parte de atrás de mi cabeza, y solo tengo que inclinar un poco mi cuello.

Ella es tan pequeña que estamos casi al nivel de los ojos como esto, y la dejé acercar mi cabeza a ella y ella puso su boca en la mía, inclinando su cabeza hacia un lado para un suave beso, pero se siente un poco de despistada, un poco distraída.

No sé por qué, pero ella se siente un poco ... distante.

Pongo mi boca cerca de su oreja, y susurro.

"Si tu vagina gotea en mis pantalones, te azotaré hasta que llores".

La boca de Sonya se abre ligeramente con sorpresa, y me paso las manos por las caderas, por las costillas, y tomo sus pechos en mis palmas, capturo sus pequeños y sensibles pezones y la atraigo hacia mí con los pequeños y delicados brotes.

Sonya comienza a gritar, pero yo pongo mi boca sobre la de ella y la beso con fuerza, mis dientes chocan con los de ella, aplastan sus labios, pasan mi lengua sobre sus dientes y se arremolinan en su boca.

No suelto sus pezones, y le hace difícil concentrarse en el beso, pero no me rindo, manteniéndola allí, retorciéndose en mi regazo, sus muslos temblando, incapaz de alejarse del beso o del dolor brillante en los pezones.

Cuando finalmente cedí, ella soltó un pequeño sollozo, puse mis manos sobre sus pezones y sentí que se hinchaban, calentaban y endurecían de inmediato.

Los masajeé un poco y miré la cara de Sonya.

Ella me está mirando, y yo sonrío un poco, definitivamente ella está aquí ahora.

Pongo mis manos sobre su espalda y la atraigo hacia mí, y la beso suavemente ahora, y ella vuelve a sollozar, su boca suave y abierta, y nuestras bocas se mueven juntas, las lenguas se tocan, dan vueltas, retroceden.

"No creo que lo logres".

Yo digo, mis labios aún sobre los de ella.

Sus ojos se abren, pero estamos demasiado cerca. La beso de nuevo.

"No creo que una chica sucia como tú pueda conseguirlo. Creo que tu pequeño coñito ya está mojado, abierto y temblando".

Empujo mis dedos hacia el cabello limpio, suelto y fragante de Sonya, y le masajeo la nuca.

Sonya gime en mi boca.

Su lengua se mueve suavemente sobre mis labios, y yo hago lo mismo con ella, y me levanto un poco para ver su rostro.

"Creo que vas a hacer un desastre entre tus muslos y en mis pantalones. Creo que probablemente ya estás goteando, y si pongo mi mano entre tus piernas, mis dedos saldrían completamente mojados, porque tú eres una niña sucia, ¿verdad? Creo que te azotaré y tendrás que aceptarlo, porque eso es lo que sucede con las pequeñas zorras como tú que no pueden evitar que su vagina ensucie. "

Sonya está presionando hacia mí, estoy segura de que no lo sabe.

Aún no.

Este es solo su instinto para acercarse.

Pongo mis manos sobre su espalda en grandes círculos.

Ella es cálida y suave, y su cabello cae alrededor de mi cara, ocultándonos a los dos.

"Tal vez después de azotarte, te follaré. Tu vagina todavía estará mojada, porque eres una muchacha pequeña que no puede evitarlo, y puedo ponerte sobre el suelo sobre tus manos y rodillas, y así deslizar mi polla en ti. Apuesto a que tu vientre será caliente y rosado, y lo sentiré en mis muslos cuando esté completamente dentro de ti ".

Sonya está haciendo pequeños sonidos de respiración entrecortada, y algún quejido ocasional, y sus caderas se están moviendo más deliberadamente ahora.

La beso profundamente, chupando sus labios y metiendo su lengua en mi boca, haciéndola seguirme.

Tomo su cara con mis manos, evito que siga adelante y la burlo un poco, nuestros labios apenas tocándose.

"O tal vez simplemente me moje los dedos en tu coño y me restriegue la cabeza de la polla y el miembro, luego coloque mi mano en la parte inferior de tu espalda para inclinar tu trasero hacia mí, tomaré mi polla con mi mano y la dirigiré hacia tu pequeño y apretado agujero en el culo. Me pararé a pensar en eso por un segundo antes de deslizarlo por completo dentro de tu trasero, hasta tu barriga, y te alegrarás de ser una puta sucia y pequeña que gotea. Me alegro de que estés tan mojada que mi polla esté muy resbaladiza por la leche de tu vagina, y puedo deslizarla directamente en tu pequeño orificio caliente, aunque sea gruesa y te duela, y tengo que envolver tu cabello en mi mano para mantenerte así, y te quema y hace que tu barriga se convierta en un calambre, eres una muchacha sucia y mojada, mi polla se mete en tu pequeño orificio de agarre, toda mojada y resbaladiza y dura y larga y gruesa y ardiente y yo estoy muy excitado. Apuesto a que esto llama tu atención, ¿no es así, pequeña puta? ¿No es bebé? ¿No es así? ".

Sonya asiente con la cabeza, pero ella no puede hablar, y me paso las manos por las caderas y las costillas, y por encima de la barriga, levanto sus pechos y la beso con suavidad, pero tomo sus pezones con los dedos.

Otra vez puedo sentir claramente que todavía están duros, calientes e hinchados.

Los tomo firmemente en mis dedos y la atraigo hacia mí.

No hay ningún lugar adonde ir, y ella vuelve a sollozar un poco, en mi boca.

Estoy sosteniendo su labio inferior entre mis labios, y beso su mejilla, y su oreja y su cuello, ella grita, y no puede escapar ni alejarse de la presión sobre sus pezones.

Pongo mi boca junto a su oreja, y le digo...

"Te hice una pregunta, Sonya. Te pregunté si me prestarías toda tu atención si te azotara porque eres una zorra con un coño mojado y desordenado, y puse mis dedos en tu coño mojado y me moje la polla, y te la metí en tu pequeño y apretado trasero hasta que tu vientre se contraiga. Eso es lo que te pregunté, y tienes que responderme. Necesitas responderme o tendré que castigarte más bebé, tendré que hacerlo, pequeña puta, pequeña chica sucia, así que dime, contéstame Sonya, dime que yo ..."

"¡Sí!" Un pequeño grito salió de su garganta.

"Sí que Sonya?"

"¡Sí! Soy así, lo haré, Steve, ¡por favor!"

Sonrío en su cuello y le beso la garganta, le chupo el lóbulo de la oreja y le aprieto los pezones con más fuerza, atrayendo otro suspiro.

"Esa no es una respuesta gatita. Quiero saber qué debo hacer para tener toda tu atención. Quiero saber si te azoto porque no puedes evitar que tu vagina se filtre en mis pantalones, porque estás muy mojada pequeña puta que no puedes evitar de empaparte el coño pequeño haciendo un desastre. Que, si te azotara por eso, y pusiera mis dedos en tu pequeño gatito desordenado para mojarlos, y me limpiara los dedos en mi polla para que quedara totalmente resbaladiza, y te pusiera de rodillas en el suelo, para follarte tu apretado y pequeño trasero con mi gruesa y dura polla, ¿tendría toda tu atención?"

Libero los pezones de Sonya, pero pongo mis palmas sobre ellos otra vez, y Sonya llora, y siento que se le hinchan y se le endurecen aún más cuando la sangre se precipita de los pequeños picos atormentados, y puedo sentir claramente el calor cuando se hunden, se arrugan y se endurecen.

Sonya está respirando a través de su boca, sus ojos revolotean un poco, yo le palmeo la nuca y la aprieto, con suavidad, acerco su cabeza a mi hombro, la beso en el cuello, la oreja, la calmo un poco.

"Shhhh. Shhhh ahora, bebé. Lo estás intentando, ¿no? Pero no puedes evitar ser una chica tan sucia. Una pequeña zorra sucia y dulce, ¿puedes gatita?"

Encuentro su boca, y la beso suavemente, mi lengua se desliza sobre sus labios, y le acaricio la espalda con la palma de la mano, con los dedos bien abiertos.

"¿Eres una puta pequeña y desordenada?"

Sonya asiente, su frente enterrada en mi cuello.

"Dime, Sonya, dime que lo eres. Dilo".

Las pestañas de Sonya se agitan un poco contra mi mejilla, y susurra, casi sin aliento, que sí, que es una puta desordenada, es mi niña sucia, y por favor, por favor, solo, por favor.

Vuelvo a encontrar sus pezones con mis palmas, y son tan duros y tan tiernos, Sonya salta un poco, y levanto su camisa lo suficiente para tomarlos en mi boca, uno, luego el otro, suavemente, y chupar y lamerlos un poco, dibujar en ellos con mi lengua, pulsar y chupar más fuerte, y tirar, y Sonya gime, y los extiendo un poco, capturados con mis dientes, y dejo que se vuelvan brillantes y húmedos, y tan fuerte, y están del color de un rosa profundo.

Siento que los muslos de Sonya se flexionan y liberan, y sus caderas se mueven lentamente, y sus ojos se cierran.

Empujo mis manos por sus costillas otra vez, esta vez llevándome su camisa con ella, y Sonya levanta sus manos y la saco, sobre su cabeza, y ahora está desnuda, toda suavidad y calidez.

La inhalo y la lamo sus pezones nuevamente, y capturándolos en mi boca con mis dientes, y Sonya respira en mí, y sus caderas se balancean.

Mi polla se siente dura y gruesa, y cuando Sonya gira su vientre hacia mí otra vez, sostengo sus caderas y la acerco más, y su pequeño montículo desnudo presiona contra mi polla, contra la tela áspera de mis jeans, y ella jadea un poco.

Empujo mis caderas hacia adelante, y sé que ella puede sentir lo duro que estoy, lo duro que me está haciendo, y ella emite un pequeño gemido, un gemido y un pequeño sonido frustrado.

Agarro sus caderas con fuerza, la jalo y la hago apretar su pequeño y suave coño contra mí, lastimándola un poco, tomando su boca con mi boca, haciéndola gemir dentro de mí.

"Levántate."

Todavía estoy tirando de sus caderas y besándola, y está un poco confundida, pero no la empujo, ni quito la boca de ella, me besa dulce y profundamente, solo le doy un minuto y lo digo otra vez, tranquilamente, y ella me mira y duda, pero se pone las manos en los hombros y se levanta, un poco enrojecida, un poco salvaje, su cabello una nube oscura enredada alrededor de su cara, y su cuello y sus senos están enrojecidos, y sus labios están hinchados y rosa oscuro por los besos, y me doy cuenta de que he estado mirando fijamente su boca cuando sonríe, solo un poco.

Está desnuda, y se ve ligera, suave y vulnerable de pie delante de mí.

Ajusté mi polla en mis vaqueros, y los ojos de Sonya se posaron en mi mano, y veo que sus ojos se abren un poco cuando observa.

"Mira esto."

Sonya no dice nada, y señalo mis jeans.

"Mira este desastre, Sonya. Te goteaste en mis pantalones".

Me apresuro hacia adelante en mi silla, acerco a ella una mano y e introduzco mis dedos por el interior de su muslo.

Mis dedos se deslizan fácilmente a lo largo de su piel.

Ella es un hermoso desastre.

Le acaricio un poco el interior de su muslo y le muestro mis dedos.

"Mira esto. Pequeña puta mojada y desordenada. Y eso es solo tus muslos. Ni siquiera he tocado a tu coñito todavía. Apuesto a que está todo resbaladizo, empapado y desordenado, ¿no?"

Sonya asiente, sus ojos son grandes y sus labios están separados.

Sus pezones están rígidos y de color rosa oscuro.

"Pon tus manos detrás de tu espalda".

Ella lo hace, y me inclino hacia adelante otra vez, mantengo mis ojos en los suyos y puse mi mano en su muslo interno, mi palma esta vez, y la deslizo hacia arriba, y tomo su pequeño y suave coño desnudo en mi mano, y ella es un desastre , está empapada y su coñito se abre fácilmente bajo mi mano, se aplasta un poco, y se abre, y mis dos dedos medios se hunden en su coño.

Sonya respira temblando mientras mis dedos se deslizan dentro de ella, hasta que mi palma está contra su clítoris y mis dos dedos están firmemente encerrados en la suave funda caliente de ella.

Deslizo las yemas de mis dedos a lo largo de la sensible pared frontal de su coño, profundamente, apretando un poco mi palma, y las rodillas de Sonya se doblan un poco, y lentamente saco mis dedos de su cuerpo y se los muestro mientras estoy de pie.

Mis dedos están brillantes y resbaladizos, y mi palma está mojada.

"Mira este lío que hiciste, nena, pequeña puta, mira tu pequeña hendidura desordenada, tu pequeña húmeda con fugas, zorra, tu pequeña vagina que no puedes controlar".

Tomo un pequeño pezón duro con mis dedos húmedos y lo lleno con sus jugos, y los ojos de Sonya se agitan un poco mientras lo empujo con más fuerza, aferrándome más fuerte a través de la mancha, dejando que el pequeño pico se salga de mis dedos antes de capturarlo de nuevo.

Le digo que se dé la vuelta, y ella lo hace, y me paro muy cerca detrás de ella, muevo su cabello hacia un lado, le beso un poco el cuello, deslizo mi mano por sus costillas y capturo su otro pequeño pezón sobresaliente en mi dedos mojados.

Mi otra mano gira alrededor de su cadera, y entre sus piernas, y encuentro su clítoris, y lo enrollo, y presiono un poco, sacudo mis dedos, y recorro arriba y abajo su rendija con las yemas de mis dedos, y la encuentro clítoris de nuevo, y lo rasgo y acaricio más rápido, y un poco demasiado fuerte, y pongo mis dedos lo más húmedos que pueda y acaricio todo su pequeño montículo liso, y vuelvo a sumergirme en su coño, deslizando mis dedos dentro y fuera de sus pliegues y por toda la longitud de su pequeña hendidura goteante, y luego de vuelta a su clítoris, rápido, suave y ligero, y luego con más fuerza, tirándola hacia mí, con los dientes en su hombro, su culo presionando contra mí, sabiendo que puede sentir mi polla tensándose en mis vaqueros.

La boca de Sonya está abierta y húmeda, y sus ojos están cerrados, y ella se concentra en los sentimientos que la recorren, mis dedos se deslizan sobre su clítoris y lo acarician implacablemente ahora, y la quiero cerca, y la quiero nerviosa, porque quiero azotarla y follarla en el suelo.

Estoy presionando contra ella por detrás mientras mis dedos se deslizan y profundizan, acarician, juegan y frotan su pequeño clítoris.

Muevo mi otra mano de su pecho, y paso mis uñas por sus costillas, sobre su vientre, alrededor de su cadera y sobre su pequeño trasero cálido, por su espalda, y hasta su cabello.

Tomo un puñado de su fino cabello oscuro y arrebato su cabeza hacia atrás, acerco mi boca a su oreja.

Sonya jadea, y gime un poco, y mueve sus caderas para que mis dedos se muevan para su placer, pero me detuve, y saqué mis dedos de su pequeño y acogedor gatito, y los limpié en su vientre, dejándola sentir lo húmeda y resbaladiza que estaba, qué desordenada estaba.

"Te voy a azotar Sonya".

Y no puedo evitar el gruñido de mi voz, mi corazón late con fuerza, y no puedo pensar en una forma de acercarme lo suficiente a ella.

Quiero lamerla y besarla y herirla y amarla y follarla.

Tengo muchas ganas de follarla.

Mi polla es tan dura que duele, y ella no es la única que está haciendo un desastre ahí abajo.

La agarro por el pelo, con fuerza, y ella levanta un poco los dedos de los pies, me desabrocho el cinturón con una mano y lo empujo por los lazos.

La empujo hacia adelante, hasta que ella está contra la pared, y presiono mi peso contra ella, me inclino la cabeza hacia un lado para besarla en el cuello, le vuelvo a morder el hombro y paso mi mano sosteniendo mi cinturón arriba y abajo por su costado.

Para que ella pueda sentir mi mano cálida, y el cuero fresco.

Giro su cabeza con mi mano todavía envuelta en su cabello para besarla, inclinándome casi hacia abajo para alcanzar su boca, estirando el cuello hacia arriba, tenso, alcanzándome, sus labios calientes y húmedos y su boca abierta.

Siento que me estoy ahogando.

"Quiero." Yo digo, y ella sabe lo que quiero decir.

"Lo sé bebé." Ella dice, y luego jadea, mientras aprieto el cabello y le inclino la cabeza hacia atrás.

Lamo su cuello, y siento que mi lengua pasa por los tendones y la carne suave, y le lamo ligeramente la comisura de la mandíbula y la beso detrás de la oreja.

Me gusta un poco el sabor de sal en su piel.

"Shhhh, ahora." Yo digo.

Me alejo de ella y ella no me mira, pero coloca sus manos ligeramente sobre la pared, a la altura de sus hombros, y se queda muy quieta, solo las yemas de sus dedos sobre la superficie fría.

Puedo ver como su respiración se hace más profunda, y se estremece, y sé que no es por el frío.

Sus pies y tobillos están juntos, y ella levanta un poco el peso de un lado a otro, y creo que debe poder sentir cuán húmeda está entre sus muslos cuando ella lo hace.

La dejo así y espero por un largo tiempo, aunque solo será un momento, y veo que los músculos lisos de sus pantorrillas se flexionan, y ella se pone de puntillas y las yemas de sus dedos presionan contra la pared.

Los dos estamos esperando. y esto casi demasiado delicioso, e incluso desde aquí puedo ver un pulso en su garganta.

Sonya espera, desnuda, delgada y recta, y con los dedos de los pies en alto, y la piel de gallina ondula sobre su espalda y ella respira profundamente.

El golpe en su culo con el cinturón doblado es rápido y duro, y empuja sus caderas hacia adelante para golpear la pared.

Sonya da un pequeño grito y gime, tiembla, y lo hago de nuevo, y las marcas rosadas cruzadas se alzan en la delicada y suave piel, y aún sigue respirando profundamente desde el segundo golpe cuando llega el tercero, conduciéndola a la pared de nuevo, sus caderas y su vientre golpeando contra la superficie lisa, y sacando otro grito de ella, mientras mantiene sus manos en la pared, presionando.

Se levanta sobre sus dedos de los pies, y me acerco a ella y lucho para desabrocharme los vaqueros, y bájalos lo suficiente como para liberar mi polla, dolorosamente dura y resbaladiza con los jugos que gotean de la cabeza hinchada, y corro hacia su trasero, y siento el calor, y las costuras calientes se elevan, y encajo mi mano alrededor de la cadera de Sonya, para alejarla un poco de la pared, y empujándola entre los omóplatos para inclinarla.

Agarro su cabello de nuevo, y levanto su cabeza con fuerza, arqueando su espalda, sus pies aún juntos, con mi polla está literalmente goteando.

Puedo sentir una humedad fresca y resbaladiza a lo largo de mi miembro cuando lo tomo con la mano y me muevo el puño hacia arriba y abajo a lo largo de mi polla, y sobre la cabeza hinchada, y la coloco en el agujero del culo apretado de Sonya.

Se siente increíblemente apretado cuando la empujo hacia delante y la abro con la cabeza gruesa, pero me detengo justo allí, y sé que esto la está lastimando por su jadeo y temblor, y me inclino un poco para acercar la boca a su oído, tirando más fuerte de su cabello.

Sonya grita un poco, y yo digo:

"Sonya, escucha, ¿tengo tu atención, ahora?"

Y Sonya asiente, un poco frenética.

"¡UH, huh!" Ella dice.

Y yo le digo:

"Sonya, ¿tengo tu jodida atención ahora?"

Y esta vez ella no puede reunir una respuesta, y una lágrima se desliza por el rabillo del ojo, y la lamo, y lentamente deslizo mi polla dentro de su culo.

Mi polla es tan dura y tan resbaladiza que puedo sentir su lucha por acomodarme, pero me deslizo completamente hacia ella en ese primer golpe delicioso y delirante.

Mantengo su cabeza hacia atrás, la mantengo arqueada, y puedo sentir sus piernas temblando, levanto mis caderas hacia atrás, y espero un momento, y luego adelante de nuevo, profundamente, conduciendo, haciendo que Sonya empuje sus manos contra la pared. , y siento su calambre en el vientre, y agarro su cadera para empujar hacia adelante, para tener más de ella, y ella gime de nuevo, y solloza un poco, y quiero hablar con ella, hacerla hablar conmigo, hacer que me pida que me la folle, que la lastime, que se la meta en el culo, que me diga que es mía, que es mi pequeña zorra y que la polla la está lastimando y que quiere venirse, pero no puedo hablar.

Sonya tiene que esforzarse, estoy tirando su cabeza hacia mí, y su espalda está arqueada pero sé que esto no durará mucho, porque está muy apretada y la fricción es demasiado fuerte, y estoy intentando retrasar mi orgasmo para tomar tanto de ella como pueda, pero entonces ya no puedo pensar más, y solo que la estoy follando por el culo, a ella, a mi chica, a mi puta sucia, follando a su pequeño culo apretado y caliente, y lastimándola, y ya no me importa, no me importa.

Si lo estoy haciendo, y ella está preparando sus manos para que no la tire contra la pared, y me las arreglo para decirle que me mire, mi voz es gruesa, mis dientes apretados, y desde luego el placer canta a través de mí, un líquido espeso comienza a salir.

La sobreexcitación y el calor apresurado, hace que me vierta en ella, mi polla se hincha y pulsa, y bombea, y Sonya grita un poco cuando empujo hacia adelante con más fuerza, y ella extiende su mano entre sus piernas, para sostener la base de mi polla.

Sé que ella puede sentir mis sacudidas, espasmos y como estoy llenándola con mi venida...

Finalmente termino, y saco mi polla de su culo, la doy la vuelta, la empujo contra la pared, pongo mi boca sobre la de ella y la beso con fuerza, nuestros dientes chasquean y meto mis dedos en su coño.

Encuentro su clítoris, y ella está tan mojada y tan abierta, tanto o más que antes, y jadea cuando pongo las yemas de mis dedos sobre su clítoris, y la acaricio en un círculo, rápido y áspero, y esto sigue siendo muy excitante para mí.

Sonya pone sus manos en mi cara, sus palmas calientes en mis mejillas, y sostiene mi cara a centímetros de la suya, mirándome a los ojos, y miro a su cara mientras su orgasmo la atraviesa, y ella mantiene los ojos abiertos y siento las sacudidas de sus caderas, y su boca se abre silenciosamente, y sigo acariciando, girando y presionando mientras se viene y se viene y se viene, sus ojos en los míos como una oración.

FIN

LA ESCLAVA SUSAN

La esclava Susan despertó con una deliciosa urgencia de amamantar a su Maestro, pero se sintió consternada al descubrir que ya se había ido.

En la almohada a su lado, en su lugar, había una nota, una sola orquídea y una tarjeta de regalo para su día de spa favorito.

Ella bostezó y se estiró, luego leyó con entusiasmo la nota.

"Quiero que pases el día en preparación para Mí. No debes masturbarte hoy, ya que te daré todo lo que necesites más tarde. Estaremos en el baile de beneficencia esta noche, y después, te usaré en todos los sentidos, hasta que me sacie ".

Susan sabía que la nota de su Maestro decía mucho más de lo que ponía porque ella conocía su corazón.

En tres breves oraciones, él le informó que ese día y esta noche serían para su placer y para él, que no había ninguna parte de ella a la que él no empujaría hasta sus límites, y que ella debería hacer todo lo necesario para lograr que fuera tan placentero para él como fuera posible.

A Susan le encantaba complacer a su Maestro y Él siempre hacía que todo entre ellos fuera perfecto.

Susan se levantó de la cama y se enredó el cabello en un broche mientras caminaba hacia el baño.

Colgando de un poste de gancho amarrado en la parte posterior de la puerta estaba el vestido, las medias y los zapatos que El maestro John había escogido para que ella se los pusiera.

No había ropa interior.

Susan sonrió, luego se lavó la cara, se cepilló los dientes y, antes de volver a la habitación, abrió el cajón inferior del tocador, sacó las bolas chinas y se quitó las braguitas tanga con las que había dormido.

El Maestro había dicho que no había parte de ella que Él no usaría.

Lentamente, se colocó las bolas chinas en su lugar e instantáneamente ya se estaba imaginando la magnífica polla de su Maestro ...

Se puso los pantalones cortos de mezclilla y la camisa amarilla con botones que El maestro John llevaba la noche anterior.

A ella le gustaba usar su ropa.

Ella así podía olerlo en ella misma de esa manera.

Se puso las sandalias, recogió la tarjeta de regalo y se puso rápidamente en camino.

* * *

Susan llegó para descubrir que El maestro John había organizado todo con sus instrucciones, como normalmente hacía.

Las mujeres en el salón no le dijeron nada, sino que siguieron simplemente con lo que estaban haciendo.

No se sentía incómoda con lo que el mundo percibía como una relación sumisa, porque el mundo no sabía nada del amor que compartía con su El maestro John.

"Sí, somos Maestro y esclava", pensó mientras la manicurista trabajaba sobre sus pies, "¡Pero también somos Esposo y Esposa, John y Susan, almas gemelas!" No importaba si el resto del mundo no lo entendía.

Simplemente porque no tenían idea del verdadero amor que había entre ellos.

Con la manicura y la pedicura completas, la llevaron al baño de lavanda y vainilla.

Esta era su parte favorita y El maestro John lo sabía.

Le resultaba muy difícil no darse placer cuando se la dejaba sola en el baño perfumado, pero sabía que su Maestro querría mucho de ella esta noche, así que descansó sin tener un orgasmo en el baño.

Finalmente, el turno de su cabello, lo lavaron y lo apilaron seductoramente sobre su cabeza, asegurándolo con el pasador que Él le había comprado en su primera cita.

Ella sonrió alegremente pensando en el placer que le dará a Él quitarle el alfiler de su cabello y verlo caer sobre sus hombros.

Esta sería una noche para recordar.

De vuelta a casa, se puso el maquillaje.

Luego estaban las medias altas de seda y los tacones negros de tres pulgadas que la había comprado en Italia.

Se detuvo allí para mirarse en el espejo.

Algo faltaba.

Fue un breve pensamiento que ella quitó rápidamente de su mente.

Si él hubiera querido más, lo habría previsto.

Se quitó las bolas chinas que la habían mantenido al borde del orgasmo durante todo el día y luego se deslizó el delicado vestido sobre su cabeza y dejó que se deslizara por su cuerpo.

Estaba satisfecha con la forma en que se veía en el espejo y John también lo estaría.

Un toque de su perfume favorito y ella ya estaba lista.

Tomó la orquídea que había estado flotando en un cuenco de agua esa mañana y la metió en el nudo de cabello de su nuca.

Cuando ella escuchó su auto en el camino de entrada, sus pezones se endurecieron y su coño comenzó a palpitar.

Normalmente, ella lo habría esperado en la puerta de rodillas con el cuello inclinado, de modo que su cuerpo quedara completamente a su disposición.

Ella estaba muy ansiosa.

Ella se apresuró al pie de las escaleras para esperarlo.

Cuando Él entró, ella ya se había sonrojado de emoción y pudo sentir que su apariencia lo complacía mientras se quedaba mirándola.

"Te ves deliciosa, esclava Susan".

"Gracias, maestro John, estoy muy feliz de que estés satisfecho".

"Parece que has olvidado algo".

"¿He olvidado algo?"

John la tomó por la muñeca y la condujo escaleras arriba.

En la almohada donde había estado la nota y la flor, estaba su gargantilla.

Estaba asombrada de no haberlo notado antes y reconoció al instante su error.

El maestro John había dispuesto la gargantilla hecha a mano para ella junto con la corbata correspondiente para él.

Su gargantilla contenía la mitad de un corazón de cristal que encajaba perfectamente con la otra mitad que llevaba.

Se la había entregado el día de su boda.

¿Cómo se las había arreglado para no darse cuenta?

Sus pezones comenzaron a estirarse y su vagina le palpitaba cuando se dio cuenta de lo grave que era el error.

John se desabrochó el cinturón.

"Te amo, Susan, pero no puedo permitir semejante descuido en tu preparación para Mí".

"Sí, mi dulce poseedor".

"Inclínate y toma tus tobillos".

No necesitaba que le dijeran que extendiera las piernas, ya que había sido castigada de esta manera antes.

Al maestro John le gustaba mirar su coño cuando la azotaba.

Agarró el vestido sedoso y lo deslizó lentamente por sus piernas hasta su cintura y debido a su posición, continuó deslizándose hacia abajo y alrededor de sus tetas cubriendo un poco sobre su cabeza y cara.

Qué vista tan magnífica le mostró a él, vestida tan elegantemente, pero tan crudamente posada.

Podía ver lo emocionada que estaba por la forma en que la humedad de su coño brillaba en la luz.

Retiró el cinturón que sostenía en su mano pensándolo mejor.

Sería una noche larga.

Se dio la vuelta y caminó a su lado de la cama y, buscando en el cajón de su mesita de noche, sacando un látigo de cuero que había usado en ella a menudo.

Tenía un asa larga y, desde el extremo, colgaban nueve tiras finas de cuero suave y flexible.

Era bien utilizado y apreciado.

Volvió a ella lentamente, disfrutando de la hermosa imagen que ella había creado y observando los cambios que se producían en ella.

Estaba respirando pesadamente y estaba teniendo dificultades para quedarse quieta.

"¡Ahhh, mi esclava Susan, voy a disfrutar de ti esta noche!"

Y con eso, conectó tres rápidos latigazos hacia su culo que la hizo chillar de dolor y placer.

Retrocedió y observó la velocidad con la que empezaban a aparecer las franjas rojas en su trasero.

"¡Mierda!" ¡Pensó para sí mismo! "¿Cómo voy a contenerme esta noche?"

Y con ese pensamiento llegó al instante la solución.

Él la tendría ahora mismo antes de la sesión de la noche, solo una vez para quitarse las ganas.

Se abrió bruscamente sus pantalones, sacó su ya rígida polla y la empujó profundamente en su coño, no por placer, sino para lubricarla.

Lo que más deseaba en ese momento era rojo, apretado, brillante y estaba listo para él.

Retiró su polla del chorreante coño de la esclava Susan para consternación de ella y lo empujó profundamente en su esperante culo.

El grito de "¡SÍ!" de los labios de ella alimentó su fuego y él golpeó con locura sus caderas levantadas.

Sosteniéndola con fuerza, Él no se detuvo hasta que estuvo listo para explotar.

Escuchó su propia respiración entrecortada y gimiente mientras salía y venía un montón de sedoso semen por todo su enrojecido culo.

Cuando regresó a sí mismo, se dio cuenta que estaba frotando su esperma caliente en el tierno y deseado culo de su esclava Susan mientras ella le agradecía una y otra vez.

"Usaré mi esmoquin negro esta noche, Susan", y con eso él se fue a la ducha mientras la esclava Susan se ponía su gargantilla para luego ir al armario a buscar su esmoquin.

Ella era muy minuciosa, y verificó dos veces que todo lo que Él necesitaba lo estaba esperando cuando salió de la ducha.

Ella colocó cada objeto en la cama mientras pensaba en la forma en que la acababa de usar, en la maravillosa forma en que sus bolas golpeaban su clítoris mientras él devastaba su trasero.

Estaba tan perdida en sus pensamientos que no lo escuchó detrás de ella hasta que Él la besó suavemente en el cuello.

"No deseo castigarte, Susan, pero ¡oh! Qué exquisita estás cuando lo hago".

"Gracias, Maestro John".

***

En el auto, El maestro John deslizó la bata por sus piernas y separó sus muslos.

Él tocó su coño que todavía goteaba, pero le prohibió que se corriera.

La esclava Susan se retorció en su asiento y se alegró de ver el Salón en tan poco tiempo, ya que estaba segura de que no habría podido aguantar mucho más.

Él puso sus dedos en su boca para que ella los limpiara con la lengua y los labios mientras desabotonaba con la otra mano los tres botones diminutos en la parte superior de su corpiño.

"Déjatelo así", le dijo, y luego la besó con ternura en los labios, antes de decirle que esperara a que él abriera la puerta.

En el interior del Salón, se vio obligada a abandonar su lado con frecuencia, pero siempre estaba a la vista de ella.

La esclava Susan conversó cortésmente con los otros asistentes, pero como de costumbre, se dirigió a los lugares más tranquilos y se quedó sola.

El maestro John tenía una gran demanda de atención y ella admiraba la forma en que se manejaba a sí mismo en estas situaciones, tan galante, tan guapo.

Cuando se le pidió que bailara, lo miró a Él en busca de orientación.

Se entendía entre ellos que había ocasiones en que era necesaria la aceptación educada, pero ella siempre esperaba el asentimiento de Él antes de aceptar y casi siempre podía contar con Él para interrumpir lo que estuviera haciendo.

Esta noche, sin embargo, esperó a su Maestro John, rechazando las ofertas incluso cuando él lo aprobaba.

Después de la tercera negativa, se dirigió hacia ella a través de la habitación.

"¿Estás bien, mi amor?"

"Sí."

"¿Por qué no estás bailando?"

"Porque, solo quiero bailar contigo esta noche".

"Entonces, Susan, tendrás tu deseo".

Él deslizó su mano alrededor de su cintura y la apoyó suavemente en su espalda para llevarla a la pista de baile.

Sosteniéndola de cerca, bailó con ella.

Mirándola como si fuera la única mujer en el mundo, Él atormentó su piel con Sus ojos y la persuadió hasta el borde de la felicidad con susurros de cómo la usaría más tarde.

"¿Me llevas a casa?" Ella le susurró.

La tomó de la mano y la condujo entre la multitud.

En el auto, se besaron apasionadamente y la esclava Susan susurró le el deseo de su corazón.

"Necesito a mi Maestro John".

John le respondió desabotonando sus pantalones y permitiéndole que lo amamantara de camino a casa.

***

En el camino de entrada, después de apagar el auto, Él la dejó quedarse allí disfrutando de la manera hambrienta en que ella estaba devorando Su Polla.

Hizo que se detuviera solo el tiempo suficiente para deslizar su vestido sobre su cabeza y tirarlo en el asiento trasero.

Luego colocó el asiento hacia atrás y le quitó el alfiler de su cabello, dejándolo caer sobre sus hombros.

Él amaba su cabello negro, la forma en que caía sobre su rostro y sus hombros y la forma en que llenaba sus puños cuando lo agarró.

John la observó durante mucho tiempo, maravillándose de la forma en que adoraba su polla, chupándola como si fuera su propio sustento.

Cuando sus ganas de correrse fueron mayores que Su restricción, Él enterró Sus manos en su cabello y forzó Su polla introduciéndola profundamente su garganta.

Él entraba y salía en su boca y garganta con una profunda necesidad que ella amenazaba con devorársela.

La esclava Susan temblaba en sus manos, y se dio cuenta de que su propia liberación provocaría la de ella.

Un último empujón profundo en su garganta y Él explotó en éxtasis.

Cada chorro de leche caliente sacudía su cuerpo con un espasmo igual al suyo.

Eran amo y esclava y, sin embargo, eran uno.

Un cuerpo ...

Un hermoso espasmo de leche ...

¡Un amor!

* * *

La esclava Susan abrió los ojos cuando El maestro John abrió la puerta.

Le tendió la mano y la ayudó a salir del coche.

Ella estaba de pie ante él a la luz de la luna, el vestida hasta los muslos y los zapatos de seda y la gargantilla que contenía la mitad de un corazón de cristal.

La luz de la luna y las estrellas bailaban sobre su piel y Él respiró profundamente al verla.

"Ven mi amor, nuestra noche acaba de comenzar".

La condujo al interior y a la habitación, donde abrió las puertas del balcón para dejar entrar la brisa del océano.

Él tomó su gargantilla y la reemplazó con su collar, luego la guio a la cama donde la vendó.

"Recuéstate. Quiero sentir tu cuerpo someterse a Mí" él susurró.

Ella hizo lo que le pidió y luego esperó su próxima orden.

Como no llegó ninguna, ella trató de calmar su respiración, trató de escucharlo en la habitación.

¿Dónde podría estar Él?

¿Qué está haciendo?

Su mente se aceleró, anticipando sus planes para ella.

Ella esperó lo que pareció una eternidad, pensando que podía oírlo respirar, pero nunca muy segura.

Cuando, finalmente, pensó que un azote por la desobediencia era mejor que esperar un segundo más, alcanzó la venda, pero en lugar de dejar que ella se metiera en problemas, él le dijo: "Tócate para mí".

Tres palabras, tres palabras diminutas, encendieron un fuego en ella que nunca antes había sentido.

Al instante, sus manos estaban sobre su cuerpo, una sobre su pecho y otra entre sus piernas.

En segundos, ella estaba retorciéndose en el orgasmo, con las piernas abiertas, rodillas estiradas, los dedos follando su coño con furia para correrse, su espalda se arqueó hasta que nada más que su culo y la parte posterior de su cabeza tocaban la cama.

"¡Sí! ¡John! ¡Oh, mi maestro John! ¡Sí! ¡Sí! ¡Sí!"

Ella no estaba completamente abajo de su altura después de escucharlo de nuevo:

"Otra vez. Hazlo otra vez".

Ella rodó sobre su estómago y puso sus rodillas debajo de su cuerpo empujando su culo en el aire para que Él lo viera.

Ella enterró sus dedos dentro de su coño tan profundamente como pudo y una vez más se masturbó para el entretenimiento de su Maestro.

Cuando llegó, duró mucho más que la primera.

Alcanzó su lugar mágico una y otra vez hasta que, finalmente, corriendo y corriendo por el interior de sus muslos, comenzó a rogarle por misericordia.

Volviéndose sobre su espalda, ella gritó:

"¡John! ¡Oh, John! ¡Por favor! ¡Por favor! ¡Por favor, fóllame ahora!"

No mostró piedad cuando la agarró y la hizo rodar bruscamente sobre su estómago.

Ella reconoció su látigo en el momento en que hizo contacto con su piel.

"¡Gracias, Maestro! Gracias por su generosidad. Gracias por permitirme correrme. Gracias por amarme lo suficiente como para castigarme cuando no le muestro el respeto adecuado".

Cada golpe recibió la gratitud que ella debería haber expresado cuando Él le permitió que se corriera.

¡Ya no pudo contenerse más!

Él la montó como estaba ella, boca abajo y húmeda de necesidad.

Él se deslizó dentro de ella tan fácilmente que pensó que la destrozaría.

Agarró dos manos llenas de su cabello y la bombeó febrilmente.

Ella todavía le estaba agradeciendo cuando sintió el miembro profundamente dentro.

La arrojó y la retorció dentro y ella se retorció debajo de Él, esperando que Él le diera lo que necesitaba.

Él la cogió a través de su orgasmo, nunca disminuyendo la velocidad o deteniéndose hasta que finalmente Él también estaba corriendo, profundamente en su vientre.

Ella yacía debajo de Él, ordeñando su polla con su coño y susurrando una y otra vez, "Gracias, gracias, mi dulce poseedor", mientras su Maestro John murmuraba alabanzas fascinantes en su oído.

El constante tirón de su coño en Su polla lo mantenía erguido y pronto Sus propias caderas se estaban moviéndose de nuevo.

Amaba la forma en que sus deseos y necesidades coincidían con los suyos.

Se entregaba a Él tan completamente que nunca hubo un momento en que cualquiera de los dos se saciara antes de que las necesidades del otro se hubieran satisfecho.

Al principio, su cuerpo a veces sentía dolores a su larga y gruesa polla y su fuerte reclamo antes de que estuviera plenamente satisfecho, pero ahora su cuerpo, su vientre, su misma alma encajaban contra él como un guante y el dolor de su amor era solo aparente al día siguiente.

Ella era suya en todos los sentidos y estaba tan contenta por ello como él.

John estaba fascinado por lo rápido que estaba listo para ella otra vez.

Deslizó sus manos por sus brazos y tomándolas por las muñecas.

Las sostuvo juntas sobre su cabeza mientras él metía la mano en el cajón de la mesita de noche y recuperaba sus puños.

Después de unir sus muñecas, sacó su polla de su coño hambriento para ir al armario por una cuerda.

Ató la cuerda a sus muñecas para usarla como una correa.

Todavía con los ojos vendados, ella respiraba con dificultad y él sabía que ella estaba necesitada.

Alcanzó de nuevo el cajón y sacó un anillo de boca.

"Abre la boca, esclava Susan".

Ella hizo lo que Él le pidió sin cuestionar, porque ambos sabían el significado de su relación.

Él colocó la junta tórica en su boca y la abrochó firmemente alrededor de su cabeza.

Luego, la agarró de la cama y la puso sobre sus rodillas.

Lo que debía seguir no era un castigo, sino por placer y la esclava Susan había aprendido rápidamente que había una diferencia.

Sosteniéndola por el pelo, El maestro John empujó su polla a través de la mordaza y en la garganta de la esclava Susan.

La mantuvo allí hasta que ella comenzó a darle arcadas y luego la sacó.

Él empujó de nuevo y la sostuvo, pero a los pocos segundos ella estaba con arcadas otra vez.

La sacó y esperó.

Cuando su respiración se estabilizó, Él la empujó de nuevo.

Esta vez ella fue capaz de sostenerlo sin arcadas.

Él no la bombeó, ni siquiera se movió, pero dejó su polla en la garganta hasta que ella comenzó a retorcerse.

Cuando sus retorcimientos se convirtieron en lucha, sacó su polla y le acarició el pelo.

"¡Esa es mi niña!" Dijo con orgullo. "Esa es mi dulce niña".

Esas palabras tiernas hicieron que los pezones de la esclava Susan se dibujaran con fuerza y su coño se humedeciera de necesidad.

El maestro John estaba entrenando a su odalisca para que tomara toda su polla sin arcadas.

Era una cuestión de paciencia y práctica, pero ella estaba mejorando cada vez más.

Hubo momentos en que ella nunca se atragantó y cuando eso sucedió, la recompensó bien.

El maestro John movió la cuerda de plomo a su collar y la hizo volver a la cama.

"¿Me quieres esclava Susan?"

Sí, su respuesta fue con un cabeceo.

"¿Me necesitas esclava Susan?"

Sí de nuevo.

"¿Vamos a ver si es así?"

John ató la cuerda a la cabecera e hizo que el otro extremo formara una soga que él deslizó sobre su cabeza y alrededor de su garganta.

Luego, se dispuso a la tarea de medir la necesidad de su esclava Susan.

Entre sus piernas, Él se deslizó a una posición para llevar su clítoris palpitante a su boca.

Él la chupó gentilmente, de la misma manera en que ella lo hace a él cuando se la chupa.

Las caderas de la esclava Susan comenzaron a rodar y empujar.

Incapaz de hablar con el anillo de la boca, ella simplemente jadeaba y gemía.

Cuando estuvo muy cerca de correrse, él retrocedió, obligándola a deslizarse hacia Él y, en consecuencia, apretando su cuello en la cuerda.

El maestro John la hizo sentir exquisita.

Él la lamió lentamente desde su parte inferior hasta su clítoris y luego dibujó círculos perezosos alrededor de su clítoris con su lengua.

Lo que le hizo a ella fue enloquecedor y, sin embargo, muy maravilloso, hasta que Él retrocedió de nuevo.

La esclava Susan se deslizó hacia abajo para obtener la presión que necesitaba de su lengua sobre su clítoris.

¡Oh, si ella pudiera correrse ahora mismo!

Ahora que la cuerda estaba apretada y ya no había holgura, El maestro John se levantó y enterró su dura polla en el coño que goteaba de la esclava Susan.

Él empujó sus piernas hacia atrás y la jodió profundamente, golpeando contra el lugar que le daba tanto placer, mordiéndole las tetas que le pertenecían a Él y chupando los pezones cada vez más fuerte, pero cuando comenzó a agitarse y gemir debajo de Él, volvió a retroceder, dándole solo su cabeza de glande y nada más.

"¡NO!" pensó ella.

La venda de los ojos, el anillo de la boca, ella no podía ver ni hablar para pedirle clemencia o decirle su necesidad, así que metió los talones en la cama y se obligó a bajar más de la cama hacia Su polla que tanto amaba.

Ella no podía respirar ahora y la tensión de la cuerda tenía su cabeza inclinada hacia arriba y hacia un lado, pero debía tenerlo.

Ella tenía que sentirlo profundamente dentro de ella.

¡Estaba tan cerca!

Ella no podía parar ahora.

El maestro John sonrió encantado.

Ella tendría lo que tan desesperadamente necesitaba o moriría, y eso, era Él.

Ella lo quería más que el aire que respiraba y eso era suficiente para él.

Entonces, se tendió completamente encima de ella, y comenzó a empujarla profunda y fuerte contra ella, chupándose los hombros y mordiéndose la mandíbula.

Cuando sintió que sus piernas se envolvían alrededor de él y su cuerpo comenzaba a temblar, agarró la cuerda y tiró de ambos a la cama, dejando que el aire volviera a su boca abierta.

Verla jadear y llorar y sentir que su coño se apretaba y se contraía en su polla era más de lo que podía soportar.

Él saltó y tomó su polla en su mano.

Lo bombeó con furia hasta que finalmente se corrió, disparando ráfaga tras otra de esperma a través del anillo y en la boca de la esclava Susan.

"¡Oh si!" Pensó ella la primera vez que lo probaba con la lengua: "¡SÍ! Su cuerpo, que todavía no se había recuperado completamente de su Maestro, ahora estaba lleno de placer nuevamente.

Una y otra vez, como olas en la orilla, vino por Él.

Era su alma gemela en todos los sentidos, y juntos alcanzaron alturas de puro éxtasis.

El Maestro John se quitó la venda y continuó bombeando su dura y erecta polla.

Cuando los ojos de Jennifer se ajustaron a la luz, pudo ver a su Maestro llenando su boca con Su semen.

Luego le quitó la mordaza y le permitió saborear su regalo mientras continuaba para liberarle sus manos y quitarle las medias, los zapatos y, finalmente, el collar.

El maestro John la tomó en sus brazos y la abrazó con fuerza.

Él susurró su nombre y le dijo que ella era suya y que él la amaba sin que nada se contuviera.

Ella se quedó temblando en sus brazos y Él la acercó aún más, asegurándole que ella era atesorada y protegida.

Cuando su cuerpo cansado cesó de temblar, se durmió tranquilamente en el dulce abrazo de su Maestro.

***

Ella se despertó cuando Él la levantó y la llevó a la bañera.

Él entró con ella y la acunó en sus brazos mientras se hundían en el agua caliente y vaporosa.

Fue magnífico y sonrió al recordar cuanto habían disfrutado en la bañera hecha a mano durante tanto tiempo.

El maestro John la bañó tan suavemente como si fuera un bebé recién nacido.

Él lavó su cabello y prestó especial atención a su sensible coño y culo.

Él le frotó el cuello y los hombros con sus manos enjabonadas, arrastrándolas por su espalda y hasta su trasero que amasó como si fuera masa.

El baño de esclavos era un ritual en el que insistía, lo que lo hacía mucho más significativo para ella.

Era hermoso y ella estaba tan feliz que no pudo contener las lágrimas mientras Él no pudo notar la diferencia entre las lágrimas y las gotas de agua.

Cuando la secó y le peinó el cabello, retiró la cubierta de la cama y se arrastraron entre las sábanas frías sin haber dicho una palabra.

No había nada que decir que los cuerpos no se hubieran dicho entre ellos.

Al igual que su rutina nocturna, John le leyó mientras ella trazaba su cuerpo con la punta de los dedos.

Y con el permiso ya otorgado, ella lo amamantó hasta que se desvió hacia un mundo de sueños hecho realidad.

FIN

www.ingramcontent.com/pod-product-compliance
Lightning Source LLC
LaVergne TN
LVHW041046150826
845672LV00001B/493

9798227438911